T0268327

Gallinas

Jackie Polzin
Gallinas

Traducción de Regina López Muñoz

Libros del Asteroide

Publicado por Libros del Asteroide S.L.U.
Avió Plus Ultra, 23
08017 Barcelona
España
www.librosdelasteroide.com

ISBN: 978-84-17977-97-9
Depósito legal: B. 19756-2021
Impreso por Kadmos
Impreso en España - Printed in Spain
Diseño de colección: Enric Jardí
Diseño de cubierta: Duró

Este libro ha sido impreso con un papel ahuesado, neutro y satinado
de ochenta gramos, procedente de bosques correctamente gestionados
y con celulosa 100 % libre de cloro, y ha sido compaginado con la
tipografía Sabon en cuerpo 11.

Para mi madre

Durante la primera semana que tuvimos gallinas, hace cuatro años, Helen se pasó por casa para ver con sus propios ojos lo pintoresco de la operación. Yo enseño el gallinero a cualquier visita que muestre interés en las gallinas. Helen es una excepción, es mi amiga y por tanto se interesa por mi vida. Por lo demás, las gallinas le traen sin cuidado.

Su visita se produjo en el breve intervalo previo a que la mugre de las gallinas se asentara. La pintura estaba fresca, los ratones aún no habían localizado las reservas de grano y nuestro huerto empezaba a dar bonitas hortalizas y delicados tallos amoratados de una planta cuya identidad nunca llegué a confirmar.

Las preguntas de Helen eran previsibles, pero mis limitados conocimientos sobre aves de corral no incluían ni las previsibles preguntas ni las respuestas correspondientes.

«¿Saben cómo se llaman?», me preguntó. Las gallinas nunca han reaccionado a un nombre concreto, pero sí reaccionan a cualquier tono alegre, nombres incluidos, esperando cualquier chuchería que pudiera acompañar al sonido.

«¿Les gusta que las acaricien?» Dio un paso atrás para indicar que la pregunta no era una petición. «¿Se alteran cuando les quitas los huevos?»

Yo no conocía las respuestas a ninguna de estas preguntas.

—¿Alguna vez han puesto un huevo directamente en tu mano?

—No —dije. Y hasta hoy ninguna gallina ha puesto todavía un huevo directamente en mi mano.

Aún no había recogido los huevos de la mañana. Dos huevitos marrones yacían en un cuenco de paja trenzada, uno claro como té con leche, el otro oscuro y un pelín anaranjado. Por aquel entonces yo no sabía qué gallina ponía cada huevo.

—Toma. —Puse el huevo claro, que era también el más pequeño de los dos, en la palma de la mano de Helen. Sus dedos no se ablandaron al contacto con la forma ovoide.

—¿Qué hago con esto? —preguntó.

—Lo cocinas, te lo comes —sugerí.

—Digo ahora mismo. ¿Qué hago con esto ahora?

No sostenía el huevo, más bien permitía que reposara sobre la palma abierta; solo toleraba el huevo por no hacerme un feo, supongo. El huevo no estaba lo que se dice limpio. Cuanto más limpio está un huevo, más gustosamente lo aceptarán las visitas y más lo sostendrán de una manera conveniente para un huevo, con una fuerza igual pero opuesta al peso del huevo aplicada por una mano ahuecada, creando un equilibrio perfecto y suspensión en el aire.

—¿Está cocido ya? —preguntó—. Está caliente. —Helen me había visto cogerlo de entre la paja, la paja aplastada, apartada y ahuecada por los lados que era el negativo exacto de una gallina empollando, un lecho de paja tan primitivo que precedía al fuego, y pese a todo formuló la pregunta en voz alta.

—Es fresco —dije—. Está caliente porque es fresco.

—¿Alguna vez ha eclosionado un huevo en tu mano?

Todo el mundo se pregunta si un huevo recién salido de una gallina y por tanto caliente puede contener un pollito. La calidez del huevo fomenta la creencia en esta posibilidad por lo demás remota. Entre los triunfos de nuestra generación se cuenta el de haber extinguido casi por completo la idea del huevo como fuente de vida. La confusión no emana del hecho de que la gente ya no coma huevos, ni siquiera de que la gente ya no cocine huevos. Nada más lejos: consumimos huevos a un ritmo endiablado, y a la vez que los profesionales de la gastronomía confeccionan elaboraciones de lo más intrépidas a base de huevos, en las cocinas caseras del mundo entero se preparan huevos de formas más intrépidas que nunca. El problema no es que los huevos sean dañinos o engorden. De hecho, los huevos ni son tan dañinos como creíamos ni nos ponen más gordos de lo que ya somos. El problema es que la gente no ve el vínculo entre un huevo depositado en su mano, recién salido de una gallina, y el huevo que se compra en tiendas. Un huevo que obtiene su calidez de la existencia en el interior del cuerpo de una gallina se antoja demasiado fantástico como para usarlo con normalidad. Si un huevo fresco se coloca dentro de un cartón en lugar de una mano abierta, la confusión acerca de lo que hacer con dicho huevo deja de existir.

Semanas después de la primera visita de Helen a las gallinas, mi amiga volvió acompañada de su novio. Era un novio nuevo (y pronto pasaría a la categoría de exnovio) y por tanto Helen trataba de impresionarlo. Había considerado su primer contacto con las gallinas lo bastante novedoso y me llamó para ponerme sobre aviso.

—Voy con Jack —me dijo—. ¿Tienes todavía la botella pequeña de ginebra del verano pasado?

—Claro —respondí—. Percy no bebe ginebra y yo estoy intentando aborrecer las mismas cosas que él.

Esta última frase pretendía hacer reír a Helen, pero mi amiga solo dijo «hum», señal de que estaba merendando, seguramente una de esas galletas blanditas que tanto le gustan y que compra envasadas en una especie de funda de papel y almacena en el cajón de las verduras, detrás de una bolsa de zanahorias. La merienda, y por ende el «hum», significaba que estaba sola en casa.

—Perfecto. Métela en el congelador y, ¿me harías un favor?, ofrécenos ginebra en cuanto lleguemos.

Helen pretendía y esperaba que la experiencia discurriera del mismo modo que la visita anterior. No lo dijo, pero yo lo sabía. Helen es agente inmobiliaria, y los agentes inmobiliarios entienden mejor que nadie el chasco que supone una segunda visita. Un agente inmobiliario jamás cierra una venta en una segunda visita. Si la primera merece una segunda, la segunda requiere una tercera. De la sorpresa al chasco y de ahí al alivio matizado. La visita de Helen sería un chasco.

Yo no estaba en condiciones de reproducir ni remotamente la experiencia. Las gallinas habían dejado de poner. Los dos huevitos marrones habían sido los últimos. Si Helen no hubiera llamado para sugerir que ofreciera ginebra, la habría sugerido yo. Las gallinas resultarían más entretenidas a través del velo de un lingotazo en pleno día. Por si acaso erraba yo en mi valoración de la capacidad para entretener de las gallinas o del poder de la ginebra, Percy propuso que les regalase huevos.

—Hace dos semanas que no hay huevos.

Percy fue hasta la nevera y volvió con un cartón lleno de huevos blancos XL.

—Dales estos.

—Nuestras gallinas no ponen huevos blancos. Además, estos están fríos.

—Helen no se dará cuenta ni le importará. Le gustarán más los blancos —dijo Percy, seguramente con razón, aunque no le di el gusto de reconocerlo.

Luego sacó una cacerola pequeña de debajo del fogón, la llenó de agua y la puso al fuego. Se me había olvidado alegar que también me oponía moralmente a su ocurrencia.

Cuando el BMW de empresa de Helen apareció en el callejón trasero, había tres huevos humeantes en un rincón oscuro del ponedero.

—¿Qué tengo que hacer para que de este huevo salga un pollo? —preguntó Jack, con el huevo caliente y resplandeciente en la mano.

Helen, que admira la confianza en uno mismo, suele prendarse de tipos así, y me di cuenta de que en Jack era un defecto que le impedía hacer preguntas tan básicas como: «¿Por qué me quema la mano este huevo?».

El temporizador hace tictac en la caseta de las gallinas. Cada tic lleva aparejado un tac, igual que el uno-dos de unas maracas, y detrás de ese sonido y su contrario se oye un leve zumbido electrónico. El temporizador está programado para encender la bombilla de calor a las seis de la mañana, a las doce del mediodía, a las seis de la tarde y a las doce de la noche. La hora nocturna más fría es la última de oscuridad total, pero la bombilla no se enciende a esa hora. A las seis de la mañana, la temperatura ya ha empezado a ascender en pos de la máxima, aún gélida. Las gallinas se apañan con treinta minutos de calor cada seis horas porque cada segundo de bombilla aumenta el riesgo de incendio en el gallinero. Helen me preguntó qué hacíamos para mantener calentitas a las gallinas y yo le dije: «Tenemos una bombilla de calor en invierno». No le conté que solo está encendida media hora cada seis horas y que los primeros diez minutos de calor en forma de luz infrarroja los absorbe la escarcha que recubre la bombilla. No quiero que Helen pierda el sueño por culpa de nuestras gallinas.

¿Piensan las gallinas en tiempos más cálidos? No.

Cuando el primer copo de nieve se posa en el suelo, la nieve es lo único que conoce una gallina. El suyo es un mundo de solo nieve o solo no-nieve.

A veintiocho bajo cero, las gallinas se niegan a salir para comerse el pienso que vierto en el comedero de hojalata. El comedero cuelga de la alambrada gracias a dos finos ganchos de metal que se curvan hacia arriba y hacia atrás, unidos a los laterales del recipiente metálico mediante un remache que les permite girar, solo que el frío congela los ganchos y congela los remaches y congela la totalidad del comedero, que adopta una posición antinatural, como si de pronto le hubiera caído encima una maldición. En primavera traslado el comedero al corral anejo al gallinero, pero en los meses invernales, cuando azotan las olas de frío, las gallinas pasan días y días sin salir.

Dentro del gallinero, la temperatura oscila entre menos quince y menos cinco, pero el agua del bebedero de plástico existe en estado líquido y no sólido gracias al empujoncito de calor que proporciona una recia placa calefactora adquirida por quince dólares en el Farm and Fleet hace cuatro años. Unas verdades sencillas rigen los cuidados de las gallinas. Deben tener comida y agua limpia en abundancia. Además, no deben morir congeladas, si bien no está claro a qué temperatura ocurriría tal cosa.

Gloria está instalada en el ponedero, inmóvil, mientras las demás cazcalean a su alrededor. Lleva dos días sin salirse de la espiral estancada de paja, polvo y plumas amalgamados aquí y allá con una argamasa de cagarros endurecidos. Las dos últimas mañanas no ha hecho amago de acercarse a la comida ni al agua mientras las otras gallinas se arremolinaban formando la melé habitual, anunciándose y compitiendo por los bocados más selectos. A no ser que haya comido de noche, a oscuras, Gloria no ha comido. Las gallinas no comen ni beben de noche porque no ven tres en un burro y la noche está plagada de depredadores. El gallinero no alberga depredadores, pero esto las gallinas no lo saben. Una gallina sabe únicamente lo que ve. La vida de una gallina es pura magia. Qué cosas.

En la cocina, el cajón de abajo del todo aloja los utensilios más misteriosos. Uno de los que más espacio ocupa es el artilugio que descorazona y pela manzanas: una aguja con tres pinchos mantiene la fruta centrada sobre un anillo metálico de bordes afilados que extrae el centro, junto con una cuchilla en ángulo que elimina la piel de la superficie curva. La máquina cumple su función al pie de la letra, es una máquina perfecta, lástima que un cuchillo de pelar ejecute la misma tarea con idéntica gracia y sencillez. Todo el cajón está habitado por esa falsa sensación de necesidad, aunque a bote pronto no se me ocurre un aparato más útil que una pipeta de cocina para dar de beber a una gallina clueca.

Una gallina necesita agua, en este sentido es como cualquier otra criatura, no es capaz de vivir más de dos días sin ella. Además de la necesidad de agua de la propia gallina, el huevo que lleva dentro también necesita agua. Sin agua, un huevo no es más que un trozo de tiza.

Gloria encrespa todo el cuerpo cuando le acerco la pipeta llena de agua. Sus alas asestan un golpe seco a las paredes del ponedero. Sisea con el aire comprimido y ronco de una serpiente y bebe una gota temblorosa.

Debajo de Gloria hay un huevo, grande, marrón cacao. Ella no pone huevos de ese color. Ella pone huevos de color melocotón pastel y mucho más pequeños. Gloria ha adoptado la costumbre de sentarse encima de todos los huevos como si fueran suyos. Gloria se acomoda con un brillo enajenado en la mirada, porque así son los ojos de las gallinas. El ojo de una gallina es lo único que queda de los dinosaurios, un diminuto portal a la era de los cerebros del tamaño de una nuez. Del ojo de una gallina no se desprende sentido alguno porque no lo hay. Pero es que además el carácter enajenado del ojo lo eclipsa todo.

Me protejo la mano con un recogedor cuando tanteo bajo su cola en busca del huevo. Ella picotea el aluminio. *Chac, chac*, a pesar de la aparente falta de respuesta.

Quién sabe qué estará sintiendo. Un pico no es lo mismo que un diente, pero varias veces me he golpeado un diente con una cuchara y no consigo imaginar que el aluminio vibrante en mi mano, pespunteado por los picotazos de Gloria, no esté lanzando un mensaje desagradable en la dirección contraria, del pico a un hueso y luego a otro y así sucesivamente, haciendo tintinear esa pequeña jaula que es una gallina.

Gloria triplica su tamaño cuando me acerco, igual que un cojín se expande cuando lo ahuecas por los lados. Ejecuta la maniobra sin pensar. El movimiento de sus plumas —la contracción de su piel y el correspondiente abultamiento— precede a cualquier pensamiento u ocupa el lugar del pensamiento. Gloria está unida al huevo, no a la idea del huevo. Si el huevo desaparece, su recuerdo del huevo se esfuma con él.

La calidez del huevo es una calidez original y nunca deja de sorprenderme. Antes de tener gallinas nunca me había causado fascinación un huevo, aunque esperaba que ocurriera al revés: que el increíble y comestible huevo me atrajera hasta las gallinas. Ahora que he sostenido ese lugar pequeño y cálido en la palma de mi mano, no puedo evitar maravillarme.

Gloria me mira con curiosidad. Un día normal, no me entretengo. Les echo la comida, compruebo si hay ratones muertos en las trampas —los ratones son demasiado listos para eso, pero sigo mirando con la esperanza de encontrar, no sé, un simple ratón— y me aseguro de que el bebedero no esté vacío o sucio. Hoy, sin embargo, me demoro un rato en el gallinero, realizando mis tareas con la mayor lentitud posible. Añoro a las gallinas, aun cuando siguen aquí.

Debería haberlo visto venir: añorar a las gallinas. Lo mismo le pasó a la niña de nuestros vecinos, Katherine, el año pasado. Se mudó y empezó a añorar a las gallinas por exceso de preocupación, o, lo que es lo mismo, por haberlas dado por hecho.

En aquel entonces, Katherine tenía cinco años y sin embargo tenía el pelo blanco; siempre ha sido una niña torpona, propensa a movimientos lentos, premeditados. Había pasado incontables horas de su niñez persiguiendo pesadamente a las gallinas con los brazos abiertos. Las gallinas no se toman a broma una envergadura desplegada. Vieran lo que vieran en Katherine, hacían bien en huir despavoridas de sus brazos extendidos, cuyo único propósito era abatirse sobre alguna. Yo me habría alegrado mucho por todas ellas, por la diversión duradera, de no ser por el abyecto pavor de las gallinas.

Quizá de manera inevitable, los andares de Katherine se asemejaban al máximo a los de una gallina. El correteo de las aves era, seguramente, el único que la niña había visto, dado que su madre era demasiado corpulenta para salir a correr y su padre demasiado serio.

Como es obvio, no resulta práctico moverse como una gallina. Moverse como una gallina es una cualidad que no beneficia a nadie, mucho menos a las gallinas, cuyo movimiento es consecuencia del desarrollo excesivo de la pechuga y puede resumirse perfectamente como la incapacidad de volar. Katherine debió de ser objeto de burlas crueles por parte de sus compañeros de colegio. La familia hizo el petate y se marchó sin previo aviso hace seis meses, en cuanto acabó el curso escolar.

Poco antes de Navidad recibimos por correo un dibujo arrugado. Yo hubiera pensado que Katherine se había olvidado por completo de las gallinas —su entusiasmo había menguado hasta casi la nada más absoluta en el año anterior a la mudanza— de no ser por el dibujo, que retrata una gallinita blanca dentro de un castillo rosa. En el reverso, con meticuloso rotulador negro, alguien había transcrito las palabras «Princesa Gam Gam». He aquí una chiquilla que en toda su vida solo ha conocido dos gallinas rojas, una negra y una gris, y sin embargo dibuja una gallina blanca de primera categoría en el interior de un castillo de princesa. No me gusta imaginar a Katherine dibujando gallinas tan horrorosamente mal tanto tiempo después de su partida, por no hablar de su falta de atención. El dibujo está colgado en el gallinero, sujeto a la alambrada mediante un imperdible, con los coágulos de témpera acumulando polvo.

En Riverton había un hombre que criaba gallinas y que una mañana se despertó más tarde de lo habitual. Esta historia me la contó mi madre. Ella vive en Riverton y está enterada de todo lo que ocurre allí. Su voz se aviva conforme la historia avanza, de modo que no soy capaz de pensar en esta historia sin que el final resuene en mi cabeza.

En Riverton había un hombre que criaba gallinas y que una mañana se despertó más tarde de lo habitual. El sol estaba ya muy arriba, aunque el mundo estaba congelado, y las gallinas cacareaban creando la cacofonía que suele acompañar la llegada de un huevo humeante a este mundo. Percy traduce ese ruido como: «¡Chicas, chicas! ¡Mirad lo que he encontrado!». Percy hace una imitación bastante aceptable de una gallina sorprendida, y la repite a menudo. La gente siempre se ríe, porque parece un majadero, y la majadería es un rasgo que las personas apreciamos en los demás. Aunque debo admitir que, si no estuviera casada con Percy, su imitación de la gallina que acaba de poner un huevo no me habría llevado por esa vereda.

Las hembras cloqueaban y cacareaban ante sus perfectos nidos, pero el gallo estaba callado. Qué raro, pensó el hombre de Riverton que criaba gallinas. Echó un vistazo afuera y no vio nada raro. De camino a la caseta comprobó la temperatura lanzando al suelo un escupitajo que se esparció sobre la nieve como virutas de metal. Las gallinas lucían su plumaje ahuecado a modo de abrigo y gimoteaban como de costumbre, pero del gallo no había ni rastro. Verás tú el gallo que se me ha escapado, pensó el hombre. Una vez el zorro había merodeado por allí, así que el hombre se puso a buscar huellas del paso de un zorro: unas plumas sueltas, un reguero de sangre, un copete de pelo anaranjado atrapado en la alambrada. Nada. Verás tú el gallo que se me ha escapado, pensó el hombre; como ya lo había pensado hacía un momento, esta vez no hacía más que reafirmar su idea en vista de los hechos. Entró en casa y se puso a cavilar sobre el gallo ausente. Mientras le daba vueltas al coco, lanzó una mirada a la caseta de las gallinas a través de la ventana. La veleta no apuntaba en ninguna dirección en concreto, más caída que erguida. La madre que me parió, ¡si yo no tengo veleta!, pensó. Efectivamente, no tenía. Tenía un gallo, congelado y duro como una piedra en el tejadillo de la caseta. Y allí se quedó el gallo, adherido al tejado mediante una fina lámina de hielo, hasta la primavera. Cuando el hielo se derritió, el gallo cayó al suelo con un leve porrazo. No recuerdo por qué mi madre me contó la historia del gallo, pero la moraleja es: cuando haga demasiado frío para una gallina, te enterarás.

El fin de semana pasado visité a mi madre en Riverton, a dos horas al este de la ciudad. Yo nací en Riverton y me fui cuando terminé el instituto, sin intención de volver, y sin embargo a menudo, en el transcurso de mis breves y resueltas visitas, tengo la sensación de que nunca me he marchado.

Percy se había ido a Los Ángeles para presentarse a una entrevista de trabajo de tres días en una prestigiosa universidad. La persona que lo había recogido en el aeropuerto era la misma que, en un congreso el otoño pasado, lo había animado a postularse. En cuestión de meses, Percy se ha volcado tanto en la idea de dar clases que casi he olvidado que nunca ha sido su sueño, ni siquiera una posibilidad que barajara. Percy lleva sin ejercer la docencia desde que hizo el posgrado. De hecho, como cualificación principal, Percy hace alusión a un lema de su trabajo: apartarse de la ortodoxia. En caso de que Percy obtenga el puesto, tendremos que encontrarles un nuevo hogar a las gallinas. Es mi deseo que mi madre herede las gallinas.

Las gallinas son capaces de buscarse la vida y sortear

las catástrofes varios días seguidos. Una caja con más capacidad hecha de tablas de madera cuelga de la pared para las ocasiones en que el comedero de hojalata no basta. La bandeja que hay debajo de la caja es un resto de una moldura decorativa, que podría parecer un toque frívolo, pero encarna todo lo contrario. El bebedero con dispensador contiene tres cuartas partes de agua, suficiente para tres días, y, en ausencia de ratones, el comedero da para una semana entera. Los ratones nunca están ausentes, han estado bien presentes desde el momento en que vertí cuatro sacos de veinte kilos de pienso granulado y mezcla de semillas en un contenedor de plástico en el garaje; la colisión del grano en movimiento fue un canto de sirena para todos los ratones del vecindario. La hambruna había terminado.

Es imposible saber cuánta comida pueden llegar a almacenar los ratones en sus escondrijos a lo largo de una semana. A pesar de las muchas medidas que hemos tomado para erradicarlos de una vez por todas, los ratones campan a sus anchas, y las aves cantoras se cuelan a través de huecos del tamaño de una nuez, y las ardillas entran por la trampilla apoyándose sobre los cuartos traseros, erguidas, en un desfile regio. Lo mismo que los conejos que rondan las lechugas, rollizos y lentos como orondos duendes de jardín.

No hay manera de calcular las necesidades de nuestras gallinas con tantas bocas que alimentar y tanto grano que cae al suelo lleno de cagarrutas, donde se queda hasta que lo rascamos, prensamos y levantamos como si fuese una masa de hojaldre estirada. El cartero ha insinuado, sin maldad, que nuestras gallinas tienen sobrepeso. El hombre es un inmigrante de un país pobre y su idea de gallina es muy poco americana. En cualquier caso, estoy abierta a considerar que nuestras gallinas están sobrealimentadas, dada la cantidad de comida que siempre hay desperdigada por el suelo.

Mi madre está perfectamente capacitada para cuidar de las gallinas. Tiene dos cabras cuyo radio de destrucción es mucho mayor que el de unas gallinas, y los ratones ya están bien establecidos, no solo en la caseta roja desvaída, el garaje y el descuidado tesoro que es la sempiterna montaña de compost. Los ratones también tienen carta blanca en el sótano y entre las paredes de la casa materna. Por si las cabras no fueran prueba suficiente de su condición de amante de los animales, la caseta roja de molduras blancas aloja una bandada de palomos y un gato de tres patas a los que tiene muy mimados. Aunque opino que mi madre no está preparada para la estulticia de las gallinas —los palomos son aves inteligentes y tienen cualidades que se pueden entrenar—, cuidar de ellas implicará únicamente un arco más de alimento contra el horizonte cuando lance pienso en todas las direcciones imaginables.

No había advertido a mi madre de mi visita, iba a pedirle un favor y no quería que se revolucionara de antemano ni quería provocar el plato sopero de sobras adornado con el contenido de una lata de crema de verduras. La llamé mientras echaba gasolina en el Kwik Trip de Riverton, donde tenían la leche en oferta, a noventa y nueve centavos la garrafa de tres litros y medio. Examiné los improbables descuentos que empapelaban los ventanales a la vez que el teléfono emitía cuatro tonos de llamada. El mensaje del contestador no ha cambiado en veinticinco años, y eso que el aparato ha sido sustituido varias veces. Me imaginé a mi madre delante de la caseta roja, contando cabezas bajo el frío cortante. Allí la encontré cuando metí el coche en la entrada, enmarcada por el vano de la pequeña construcción, rascando la barbilla blanca del gato negro como último acto de su rutina matinal.

Siguió acariciando al gato mientras yo aparcaba junto a la casa y me acercaba a saludarla. El viento me lamió la cara con su lengua insistente. La mano colorada de mi madre contra la superficie blanca y negra del gato constituía una visión estremecedora.

—¿Va todo bien? —preguntó.

—Te he dejado un mensaje en el contestador —dije yo—. Hace frío, ¿no?

No había curiosidad en mi comentario; estaba quejándome en forma de pregunta. Mi madre no tolera las quejas en ninguna de sus formas. Sacó la barbilla del nido de su bufanda, exponiendo el cuello al frío.

Mi madre ha mantenido la solemne promesa que se hizo con ocasión de su reciente jubilación, a saber: no comprar nada que pueda fabricar ella misma. Para el ciudadano medio, tal promesa no abarca gran cosa: un jarrón de flores recién cortadas o una ensalada elaborada. Para mi madre, en cambio, exprofesora de economía doméstica con un gran bagaje de habilidades obsoletas y una dosis aún mayor de obstinación, la lista es interminable. Como cualquiera de los paradigmas teóricos de Percy —que cita a mi madre como prueba de voluntaria sencillez—, se trata de un ideal hermoso y noble que se desbarata por completo al contacto con el mundo real.

—¿Y Percy?

—En California. Están entrevistando a los finalistas.

—Me alegro por él. ¿Cuántos hay?

—No se lo han dicho.

—Siempre he pensado que tiene madera de profesor.

—Mi madre dice lo mismo de toda la gente que le cae bien.

Me serví una taza de café frío y la metí en el microondas.

—Es de ayer —avisó ella.

—Percy hace lo mismo en casa.

Mi madre sonrió.

—Jamás entenderé que se tire un café perfectamente potable.

El café no estaba bueno. Me puse a rebuscar nata en la nevera bajo la atenta mirada de mi madre.

—Es mucho más sencillo beber café solo.

Se sirvió una taza. Nos sentamos a la vez, lo que parecía demostrar su teoría: la economía del café solo.

—Te invito a comer. A un sitio bonito —propuse.

—Sitios bonitos no hay, y acabo de desayunar. Lo máximo que podría comerme ahora mismo es un dónut.

—Vale, pues un dónut. ¿Dónde venden los mejores dónuts del pueblo?

—Los mejores son los caseros.

—Mamá, haz el favor.

Entré en el Kwik Trip por segunda vez en una hora. Había dos mesas con banco corrido de color naranja junto a los aseos. Mi madre pidió un dónut relleno de crema y fue a sentarse para que nadie nos quitara el sitio. Yo hubiera dicho que nadie se sentaba en aquellas mesas junto a la brisa química y afrutada que emitían las puertas batientes de los baños salvo que me presentaran sólidas pruebas de lo contrario. En el borde de contrachapado de la mesa había grabados varios nombres que reconocí.

Los dónuts no tenían letreritos. Escogí el más grasiento de cada uno de los tres expositores mientras mi madre observaba. La chica de la caja llevaba un abrigo gordo como protesta contra el frío. Era demasiado joven para que yo la conociera, pero estaba convencida de haber visto antes aquella cara chupada.

Cuando volví a los bancos naranjas, mi madre había extendido una servilleta de algodón en la mesa, delante de ella, junto con un cuchillo y un tenedor procedentes del cajón de su cocina. Es algo que solía hacer mi abuela, llevar cubiertos en el bolso para ocasiones así. ¿Cuánto falta para que yo también lleve siempre encima un tenedor? ¿O un bolso, ya puestos? Diría que no me parezco a mi madre, ni a la madre de ella, principalmente porque no soy madre. Tengo veinte años más que mi madre cuando me tuvo, veinte años alejada de la vida que ella tuvo. A veces pienso en la línea ininterrumpida de mujeres, todas madres, que se acaba conmigo, todas ellas blandiendo tenedores y bolsos y negando con la cabeza, desilusionadas.

—Esa es la mayor de los Thompson —dijo mi madre, lo que quería decir que yo había ido al colegio con su madre.

La chica de detrás del mostrador tenía su mismo rictus

de sufrimiento y llevaba los párpados maquillados con la misma tonalidad terrible de sombra azul. Para mí, todo el pueblo es así: conocido pero peor que antes. La droguería es ahora un pub, y la pañería, una tienda de segunda mano, y el cine solo proyecta una película tres veces por semana.

—Era mala estudiante, pero buena niña —apostilló mi madre demasiado alto.

—A lo mejor tenemos que encontrarles un nuevo hogar a las gallinas.

—Pero si las adoras.

—No podemos llevárnoslas.

—Pensaba que todavía no había nada seguro.

—Me refiero a si la cosa prospera. ¿Tú te las quedarías si Percy consigue el trabajo?

No le conté que las gallinas llevaban sin poner en condiciones desde el otoño, que habían puesto dos huevos en los últimos nueve días, y la semana anterior, cero patatero.

—Prefiero no pensarlo mientras no sea seguro —zanjó ella, y cortó en cuatro un dónut relleno de crema.

En el momento en que nos dirigíamos al coche, el reloj digital del banco del condado confirmó mis sospechas: hacía más frío que cuando había llegado.

A la mañana siguiente me desperté toda preocupada en la cama de mi infancia; el agua del bebedero se habría congelado durante la noche o los ratones habrían protagonizado un levantamiento o la bombilla de calor habría estallado por fin, prendiendo fuego a la capa de polvo adherida con tenacidad al escudo protector de la lámpara por los aceites corporales exudados de las gallinas, un incendio de grasa, un incendio por grasa de gallina, y si un buen samaritano trataba de sofocar las llamas con agua, el gallinero entero explotaría.

Acompañé a mi madre en su circuito matinal, con aliento de ambas dejando una estela a nuestro paso durante todo el trayecto hasta la casa. Nunca he sabido muy bien cómo se cuida a unas cabras. Pensaba que cuidar gallinas sería una habilidad extrapolable, que como poco podría ampliarse al meollo de una granja de aficionada, pero mi experiencia con las gallinas no me ha valido semejante maña. Cuanto más cuido de ellas, menos sé.

—¿Qué ha pasado aquí? —dijo mi madre—. Se ha debido de estropear el calefactor.

El agua se había congelado en el bebedero climatizado de las cabras. Pero el calentador no se había estropeado; seguía emitiendo resoplidos, solo que las dosis de calor se perdían en el frío crispado. Pensé en los dedos de mis pies congelados y luego en las gallinas. Cuando la pata de una gallina se congela, la piel se queda blanca para siempre. Si una gallina con las patas congeladas se cayera del nido —¿y por qué no iba a caerse?—, las patas podrían quebrarse limpiamente. Me estremecí y mi madre frunció el ceño.

Las cabras raspaban el hielo con la lengua, sin dejar marca. Mi madre las apartó y se puso a dar golpes con una pala mientras yo volvía a la casa para hervir agua en una cacerola. Cuando regresé, envuelta en una nube de vapor, el hielo ya estaba partido, los palomos alimentados, el gato rascado y el polvo barrido del pequeño cuarto rebosante de comida donde mi madre guarda un tambor de cuatro litros lleno de caramelos de menta que les da a las cabras a modo de chuchería.

El café cobró vida entre estertores en la vieja cafetera eléctrica.

—Supongo que quien esté cuidándote las gallinas las querrá —dijo mi madre.

—No hay nadie cuidando de las gallinas.

—Helen no se las va a quedar —dijo mi madre, a pesar de que solo ha visto a Helen una vez—. Y estaría bien desayunar huevos frescos.

Llegué a casa al filo del mediodía y encontré cuatro gallinas, con sus dos patas cada una, y cero huevos frescos.

Percy sostiene que la falta de noticias es una buena noticia. La entrevista fue un éxito de dimensión no cuantificable del que Percy necesitaba recuperarse. Para ello, se había enfundado un batín de felpa sobre el pijama habitual y había colocado un cojín encima de la mesita baja para que sus pies empantuflados adoptasen cierta altura en su simbólico reposo. Sus teorías seguirían demostrándose y refutándose sin él, con suerte en ese orden. Como parte de los preparativos para el viaje, Percy había dedicado cada segundo de las últimas dos semanas a familiarizarse de nuevo con sus propias ideas, y le había complacido comprobar que llevaba mucho tiempo abogando por un cambio de rumbo hacia el sector servicios. La prestigiosa universidad prácticamente había confirmado su interés. No le habían dicho nada.

«Voy a echar de menos a las gallinas», dijo. Percy se enorgullece de extraer exactamente una pizquita de conocimiento de la cámara oscura cada vez que viaja.

No me cabía duda de que Percy añoraría la idea de sí mismo como hombre que tiene gallinas, como hombre cuya vida se simplifica y a la vez se complica por asociación con ellas. Criar gallinas está en lo más alto de su lista de cambios de rumbo paradigmáticos, pero ¿realmente iba a echar de menos a las gallinas? Todo apuntaba a que las gallinas, una vez alimentado el caro ideal que Percy tenía de sí mismo, resultarían accesorias. Yo sí echaría de menos a las gallinas, ya echaba de menos a las gallinas, y lo veía como la prueba fehaciente de la capacidad de añorar algo: la anticipación visceral de la falta.

El municipio de la universidad no permite tener gallinas. Si llegásemos con gallinas al municipio, estaríamos violando la normativa. Es la clase de ilegalidad vecinal que Percy considera la panacea, aunque para los vecinos las gallinas no encarnen más que un poco de jaleo por las mañanas y un penetrante olor en primavera. Pero no soporto pensar que allí nos quitarían a las gallinas, que las trasladarían a una granja remota y luego ¿qué? Solo mi madre cuidaría de las gallinas sin pedir apenas nada a cambio.

Las noches más frías del año enchufo un calefactor al alargador naranja en la caseta de las gallinas y compruebo que todas las puertas estén bien cerradas. Esto incluye encajar a presión una tabla de aislamiento térmico demasiado grande en la trampilla tamaño gallina que conecta la zona interior del gallinero con la descubierta. El resto del tiempo, el calefactor se encuentra dondequiera que Percy lo haya usado por última vez, casi siempre junto a la mesita baja del salón en la que apoya los pies. El salón se considera vagamente el despacho de Percy o, a efectos fiscales, el despacho de Percy en sentido estricto. Percy no es la clase de persona que asume las pequeñas incomodidades como medio para la productividad. Él es del otro bando, de los que se apoltronan para fomentar el conocimiento.

El escritorio de Percy ocupa el rincón sureste de la sala, oscurecido por varias plantas de interior, tres de las cuales nacieron de esquejes de la cuarta. La planta prospera a falta de cuidados, por eso ahora son varias. En algún punto debajo de un filodendro hay un cuaderno plagado de garabatos.

Ocurren fenómenos extraños a cuarenta grados bajo cero. El sonido viaja sin impedimentos, la piel se congela antes de lo que tarda en percibir el frío, los objetos húmedos se transforman en rígidos cadáveres de su identidad anterior. Del agua mejor olvidarse. El agua tira la toalla. De nuestras aspiraciones también podemos irnos olvidando. Las temperaturas por debajo de cero acarrean el renacimiento de la aspiración original: sobrevivir. Las gallinas están mal equipadas para la supervivencia, pero como una gallina no tiene recuerdo de lo que ha sucedido en el pasado ni piensa en lo que vendrá después, el invierno no supone un impacto psíquico. El año pasado tuvimos quince días consecutivos en los que la temperatura no subió de diecisiete bajo cero y alguna que otra noche rozó los menos cuarenta. El único consuelo que proporcionan unas temperaturas tan macabras es la promesa de una preservación perfecta.

No parece que la percepción del frío de una gallina se asemeje en nada a la nuestra; al revés, es la sensación de que la piel se estira y se eleva a la vez que se ahuecan las plumas. Como respuesta al frío, las plumas de contorno que componen la capa externa de una gallina se yerguen sobre sus esbeltos cañones. Miles de plumas se levantan y estiran en un movimiento sincronizado. Una gallina no piensa: voy a hacer esto; no toma decisiones. El cuerpo de la gallina actúa, sin más, desgajado del conocimiento del frío y sus posibilidades. Bajo las plumas de contorno, el plumón también se eriza para llenar el espacio inferior y atrapar el aire caldeado por la vida de la gallina. La única función del plumón de una gallina consiste en crear y mantener un espacio entre la gallina y el mundo exterior. Cuando el mundo exterior está bajo cero, ese espacio —o una parte de él— y su pelusilla encarnan el margen para la vida.

Durante la ola de frío del año pasado el calefactor se quedó en el gallinero, justo al lado del separador de cables. Las gallinas se apiñaban en el posadero, tan juntas como les permitían sus hinchados plumajes. Señorita Hennepin County, la gallina alfa, era la que más cerca estaba de la fuente de calor, flanqueada por Tiniebla y Gloria, mientras Gam Gam se desmarcaba como la más rezagada. Gam Gam es la que ocupa el último puesto en la jerarquía del picoteo, porque sería la primera en morir en cualquier circunstancia. La organización social de las gallinas representa sus ventajas estadísticas. La jerarquía del picoteo es un orden natural, la intimidación como selección natural. Tal vez por eso siempre me ha sacado de quicio la jerarquía del picoteo.

«Johnson tiene ganas de verte», me dijo Helen. «¿Te importa que lo lleve a tu casa?»

No me consta que Johnson sepa expresar un deseo claro —tiene un año y le está costando empezar a hablar—, pero albergaba la esperanza de que realmente tuviera ganas de verme. No puedo evitar esforzarme en ser la clase de persona que los niños tienen ganas de ver. Helen añadió que la señora que le hace de canguro estaba con una infección de garganta y, aunque de todas formas ella también tenía ganas de verme, ¿podía dejarme a Johnson un ratito mientras ella quedaba con un cliente para entregarle unas llaves? Sus palabras rebotaron al pasar por un bache, lo que significaba que ya venía de camino. A través de la ventana sureste vi la grupa del BMW de Helen doblar la esquina en dirección a nuestro caminillo de entrada. Qué más daban los motivos, me alegré de verlos.

«Estará dormido todo el tiempo», predijo Helen. «No ha echado siesta en todo el día.»

Plantó la sillita del coche en la encimera de la cocina y acto seguido se irguió y echó los hombros hacia atrás para corregir la postura. Helen tiene la complexión de un tulipán, alta y encorvada, aunque no exenta de gracia. Es pronto aún para saber si Johnson se parece a ella en algo más que los ojos grandes y grises. Me incliné sobre él para consolarme con su aroma. Helen ya iba tarde para entregar las llaves al nuevo dueño de una carísima propiedad que yo había limpiado la semana anterior; el valor de la propiedad es directamente proporcional a la distancia que la separa de nuestro vecindario.

Cuesta vender casas en invierno. Esto lo sé porque limpio todas las casas que Helen vende. Intento no pensar en cuántas casas necesitaría vender Helen para que su marido pudiera dejar de trabajar. Él trabaja en yacimientos petrolíferos del mundo entero y casi siempre está de viaje. Antes de quedarse embarazada de Johnson, Helen sostenía que el secreto para un matrimonio duradero era que tu marido viviera fuera. Desde que la conozco, Helen es especialista en quitar hierro a sus dificultades, pero una familia no es lo mismo que un matrimonio, en muchos sentidos que a mí ni siquiera se me pasan por la cabeza, salvo por el más obvio, a saber, que la familia ata por naturaleza.

«No tardo nada», dijo Helen antes de cerrar la puerta. Evidentemente, Johnson se despertó y empezó a llorar.

Las mejillas se le encendieron, de rosadas a rojas. Le quité el abrigo, bajo el que descubrí otro, con capucha y cerrado con botones, y debajo de este un pelele, también con capucha y una cremallera que subía desde la pernera. Bajo toda esa seguridad, la rabieta se había intensificado en forma de sarpullidos de gran tamaño. El biberón templado que Helen había dejado provocó al niño ganas de lanzar algo, y resultó ser de lo más oportuno, y el lanzamiento requirió alaridos, y así fue como llegamos al berrinche en toda regla. Tenía la frente caliente y un tanto mullida en la zona donde una vena había cobrado vida, palpitando sobre la curva del cráneo hasta perderse entre la pelusilla rubia. El niño se puso a patalear en mis brazos hasta que lo dejé encima de la alfombra, desde donde sus berreos adquirieron una dimensión completamente nueva. Lo volví a coger y no me pareció justo que soltarlo hubiera empeorado la cosa y sin embargo levantarlo no mejorase nada. La cara de Johnson estaba amoratada al límite. Percy se encontraba en la habitación de al lado y dedujo acertadamente que había agotado su derecho a permanecer allí refugiado. Apareció en el umbral esbozando una sonrisa recelosa.

—¿Tú crees que está caliente? —pregunté. Percy acercó la mano a la frente de Johnson y luego se la llevó a la suya.

—Está caliente.

Si algo sé sobre niños es que cualquier cosa grave empieza así.

Percy no encontraba el termómetro, o prefirió no encontrarlo para salir a comprar uno. Entretanto, yo mecí con dulzura al niño, luego un poco menos, luego lo puse en todas las posturas posibles: apoyado contra mi hombro, contra el pecho, sentado en el regazo y haciéndolo trotar con las rodillas; esto último pareció calmarlo un poco. Los sollozos se rebajaron hasta el «bua bua bua» más básico, como si llorase desde las páginas de un tebeo. No me habría extrañado que un «pam pam pam» acompañara a los golpes frenéticos de sus puñitos. Al final, le inmovilicé los brazos contra el tronco y lo encajé entre la curva de mi codo y la de mi cintura. A las gallinas les gusta que las cojan así. El llanto se redujo a un gimoteo trémulo. Por dos veces, sus propios balidos patéticos le recordaron que debía llorar, pero yo lo tenía bien agarrado. Con un último y tremendo gemido y una sacudida, se quedó dormido contra el cuadril, con la cabeza apoyada en mi mano. Su mejilla me llenaba toda la palma, como un albaricoque gigante.

Cuando Percy volvió de la tienda con un termómetro, dos frascos de jarabe y un elefante de peluche del tamaño de un San Bernardo, la frente de Johnson lucía la marca de un botón de mi camisa.

Helen regresó toda pletórica y me aseguró que Johnson estaba bien, que solo estaba cansado, y que cada vez que lloraba le subía un poco la temperatura, y que no había nada que hacer salvo dejar que se desahogara hasta quedarse frito.

Solo una madre sabe. Es la regla número uno de la maternidad y la grandísima fuente de poder de una madre. Es lógico que si no eres madre no sepas nada de eso.

Hace muchos años, cuando nos dirigíamos hacia una granja al sur de Burnsville para comprar gallinas, Percy y yo convinimos en que queríamos que al menos una pusiera huevos de algún color gracioso. Durante todo el trayecto debatimos acerca de los méritos de los azules frente a los verdes. Cuando llegamos a la granja, la patrona estaba llevando un balde de agua al corral y concluyó su tarea antes de darnos la bienvenida en el caminillo de entrada. Era una mujer arisca y seria y, como yo nunca había visto unos pantalones vaqueros tan sucios, tuve la sensación de que necesitaba hasta el último dólar que le habíamos prometido; íbamos a llevarnos cuatro gallinas. De repente, reclamar huevos de colores especiales me pareció una petición demasiado frívola para formularla de viva voz.

«A esa se la ve muy sanota», observé, señalando a la que luego llamamos Gam Gam. Yo no sabía nada de salud gallinácea ni sus señales, pero las plumas rojizas se tornaban moradas a la altura de la cola creando un conjunto de efecto arcoíris.

Una vez escogidas tres aves en virtud de su plumaje, a

Percy le dio por preguntar: «¿Cómo se sabe de qué color pone los huevos una gallina?».

«Hay que fijarse en las orejillas», dijo la patrona. «Las gallinas de orejas blancas ponen huevos blancos, y así sucesivamente.» Y a continuación, tras juzgarnos en consecuencia, añadió: «Esta pone unos muy pequeñitos. Yo digo que son "con la mitad de calorías". Hay quien los prefiere así».

Ya en el coche y circulando por el camino vecinal, Percy dijo: «No sabía que las gallinas tuvieran orejas». Yo estaba pensando lo mismo. Me asustó que compartiéramos tal pensamiento, y me asustó aún más que nos suscitara el mismo instinto: ocultar nuestra ignorancia a la granjera. Supongo que pensé que la mujer, e incluso el propio Percy, nos consideraría indignos. La sapiencia de los granjeros deriva de la experiencia, de lo que se desprende que nosotros no teníamos ni repajolera idea de nada. No había mejor momento para que nos recordaran esto que el comienzo.

Me desperté temprano con Percy dormido a mi lado, pero me quedé remoloneando hasta tarde, mirando el techo y escuchando los nítidos chasquidos de la casa que se encogía por culpa del frío. Las gallinas aún no estaban despiertas, lo sabía por el inquietante silencio. Y cuando se levantaron al unísono, un rato después, supe que Percy les había puesto de comer por el fin abrupto del revuelo. Casi nunca dejo que Percy les dé de comer, y no recuerdo ninguna otra ocasión en la que me haya quedado en la cama hasta casi las doce. Soy de la opinión de que algo malo les pasa a esas personas que se quedan en la cama sin más, inmóviles, tal vez incluso fingiendo dormir, como fingí yo durante toda la rutina matinal de Percy. .

Llevaba seis años sin pisar Los Robles. Por aquel entonces no la llamaba de ninguna forma, solo la conocía por las señas y los árboles altos que bordeaban el sendero del jardín, tan pegados a ambos lados que las raíces parecían dispuestas a levantar el hormigón y apartarlo de su camino. En aquella época limpiaba diez casas por semana, un ritmo al que renuncié en parte para no tener que volver jamás a aquella casa. Pero ahora limpio solo para Helen, sin que rija más contrato que el de nuestra amistad.

Helen bautiza todas las casas que vende. Afirma que la de Los Robles es una historia de jerarquía. Surgen escalones al azar en grupos de tres por toda la vivienda, de modo que cada estancia existe en un plano ligeramente distinto a las demás. Yo no consigo imaginar qué ventajas puede suponer este diseño porque trabajo con una aspiradora. La jerarquía no es un plan sin fisuras; todo lo contrario, suele darse en ausencia de planes, esto es, en el orden natural de las cosas. Pensemos en la unidad más básica de estructura social, la familia. Ninguna familia existe sin jerarquía. Incluso Picasso, de quien circula la célebre anécdota de que no pronunciaba jamás la palabra «no» delante de sus hijos, y cuyos métodos Helen defiende como si fuesen los de ella, era no obstante el patriarca de su casa. Suya fue la decisión de descartar esa palabra, y por mucho que lo provocaran no se bajaba del burro. Cuando Picasso animaba a sus hijos a jugar y ser libres, era al mismo tiempo su más hondo deseo y una orden.

Fui directa al cuarto de baño más alejado de la entrada, no por lo que ocurrió allí, sino porque siempre empiezo por los baños. Un cuarto de baño debe limpiarse con total desapego. Si bien el desapego es un enfoque por lo general útil en operaciones de limpieza, un cuarto de baño requiere el temple acerado de un médico. Cada gotita, cada salpicadura, cada mancha debe abordarse con compostura, cada pelo con lo opuesto a la curiosidad, cada bola de papel húmedo con eficiencia ciega. Una vez lograda la indiferencia hacia el cuarto de baño, me vuelvo imparable, una fuerza de actuación total y objetiva. Barro y friego impertérrita. Ejecuto sin pausa audaces actos de erradicación. Pulo y abrillanto con un frenesí indistinguible del éxtasis, acicateada por el impulso de la acción pura y dura.

El cuarto de baño estaba tal y como lo recordaba: el retrete con su asiento y tapa de madera, la bañera de recias paredes alineada con el alicatado del suelo, y el suelo alicatado con baldosines hexagonales que replicaban con exactitud el dibujo de la alambrada de las gallinas. Yo aquel día estaba embarazada de cuatro meses y llevaba toda la mañana maldiciendo el curry que había cenado la noche anterior. No debería haberlo comido o no debería haberme metido en la cama nada más cenar o no debería haber pasado toda la mañana a gatas, frotando entre una nube de desinfectante con aroma limón amargo mientras los dolores se intensificaban cada vez más. Me resulta raro pensar ahora que, durante un rato largo, a medida que el dolor persistía y empeoraba hasta que al final me estrujó las entrañas con un puño de nudillos blancos y huesudos, yo lo achacara todo al curry. Supongo que esa idea me servía de escudo, y que plantearme otra cosa, haber estado en lo cierto toda la mañana, no habría cambiado nada.

Me había convencido de que el puro anhelo contrarrestaría los riesgos de un embarazo a mi edad. Llevaba tanto tiempo esperando; el asunto había llenado de preocupación nuestro matrimonio. Todo saldría bien porque yo lo deseaba con todas mis fuerzas. Cuando me doblé en dos en el impoluto suelo del cuarto de baño, la verdad se me reveló como hecho tangible. El dolor no remitía. No sé cuánto tiempo estuve allí tirada, con todo el cuerpo contraído o a la espera de contraerse. Cuando me puse de pie no fui capaz de entender lo que acababa de salir de mi cuerpo. No fui capaz de separar lo que era yo de ese pedazo diminuto que era ella.

La vida es el esfuerzo progresivo por vivir. Algunas personas hacen que parezca fácil. Las gallinas, no. Las gallinas se mueren de buenas a primeras y sin explicación. Antes del amanecer, el termómetro de la ventana de la cocina marcaba veinticinco bajo cero. Yo me había despertado sobresaltada, no recordaba si había cerrado la trampilla la noche anterior, pero sí recordaba perfectamente haberla dejado abierta el mayor tiempo posible para ventilar el gallinero antes de cerrarla. Sin embargo, el acto de cerrarla, el tacto del metal frío del pasador entre mis dedos —insoportablemente frío, peligrosamente frío, porque el pasador es demasiado fino para agarrarlo con una mano enfundada en una gruesa manopla—, no lo recordaba, como tampoco recordaba el gesto de pulsar el interruptor del calefactor polvoriento para encenderlo. Si no había hecho lo primero, tampoco lo segundo, pues ambas acciones forman parte del mismo lote. Abrigo, gorro, bufanda, botas. Las manoplas en el último momento porque el cierre de cada bota implica nada menos que dos largas tiras de piel flexible que hay que amarrar alrededor de la caña y luego atar con un lazo caído.

La nieve crujía como cereal seco bajo mis pies. Una capa de escarcha recubría la ventana del gallinero, tan gruesa que no distinguí a las gallinas en sus nidos. Sin embargo, la puerta de la trampilla estaba bien cerrada y en el interior humeaba el calefactor, con una telaraña de polvo. El agua del bebedero había empezado a congelarse. Se formaban nítidas esquirlas de hielo en el borde de la bandeja roja. Haciendo un gancho con el dedo índice, retiré del agua la película de hielo, que cayó al suelo y se hizo pedazos con el alegre tintineo de una campanilla de cristal.

Las gallinas volvieron a la vida parpadeando sobre su posadero, cuatro cuerpos formando una pulcra fila, bofadas al máximo, piando bajito como polluelos; así son los días de las gallinas, cada mañana una gema luminosa y solitaria. Sentí tal alivio que me embargó la irresistible urgencia de abrazarlas; esperaba a medias —más que a medias, aunque no del todo— encontrarlas formando un amasijo tieso, con Señorita Hennepin County coronando la pira, la última en caer y sin embargo la más cercana a la llama.

De vuelta en casa, me di cuenta de que el nudo de la bota se me había deshecho. Las botas son una creación sencilla, quizá demasiado, de hecho, pero eso no impide que las personas como yo las compremos igual que compraban tostadoras nuestras abuelas, convencidísimas de que nos cambiarán la vida. El sobrio diseño de mis botas alberga un secreto que pocos saben. Yo lo descubrí en el vestíbulo de la biblioteca, donde un hombre cuyos zapatos eran dos de esos pecios históricos que se encuentran en playas remotas lanzó una mirada golosa a mis botas. No me cupo duda de que su mochila albergaba una variada colección de objetos similares, por no hablar de la sartén atada con una cuerda al cinturón también de cuerda, ni del sombrero, que era, más que nada, un cojín de tamaño estándar. Nombró la marca y el modelo de mis botas para reforzar su credibilidad. «Los habitantes del Polo Norte meten diez pares de plantillas en esas botas. Sin las plantillas, tendrían que amputarte los dedos de los pies», me dijo. Tal vez fuera experto en la materia. Redirigió su atención hacia una chica de pelo rosa desvaído que estaba a mi lado: «Si te frotas las raíces con unto y no te lavas la cabeza, el color aguanta más tiempo». Y allí nos dejó a las dos, más sabias, para ir a reunirse con una mujer andrajosa que llevaba en brazos a un bebé no mayor que dos manos agrietadas. Tuve la esperanza de que los enigmáticos conocimientos del hombre le resultaran útiles a ella.

Un fabricante de trineos de Ely, a cuatro horas al norte de nuestra casa, fabrica estas botas mal forradas, y se ha hecho de oro con ellas. Lo exiguo del forro es muy probablemente un problema que él ni siquiera se ha planteado, por ser de complexión más recia que la mayoría de la población mundial y las generaciones futuras.

Al atardecer, en las noches más frías, vuelvo al gallinero y echo cuatro puñados de maíz al suelo, uno por cada gallina, aunque salta a la vista a tenor de los rangos que Señorita Hennepin County zampa bastante más y Gam Gam bastante menos. Una vez ingerido, el maíz desprende calor igual que un horno, calentando a las gallinas desde dentro mientras ellas duermen toda la noche de un tirón hechas un gurruño.

Me acerqué a la puerta del gallinero sin atisbo del nerviosismo de la mañana, a pesar de que seguía habiendo una gruesa capa de escarcha en la ventana: solo se había derretido en la hora de menos frío de la jornada y había vuelto a solidificarse bajo el estallido de estrellas. Las gallinas me dieron la bienvenida con un coro de ruidos incoherentes. Levanté la tapa cuadrada del cubo de maíz. ¡Ah, qué felices las hace el maíz! El galimatías dio paso al singular *tuc tuc tuc* de deleite con todos y cada uno de los granos. Gam Gam estaba en un rincón, ajena al atractivo repiqueteo del maíz desperdigado. Mi cercanía no la hizo reaccionar, ni tampoco mi sombra cuando me cerní sobre ella. Alargué una mano y me pareció que la atravesaba, más allá de las plumas aplanadas, hasta que toqué sus carnes. Firmes y frías.

Los vecinos me vieron trasladar del gallinero a la casa la bolsa de plástico transparente que contenía el cadáver de Gam Gam; la envolví en plástico transparente para que su presencia en el congelador no diera lugar a equívocos. Ellos no se fijaron en que la bolsa contenía el cuerpo sin vida de nuestra gallinita más joven y querida, a pesar de que hablamos a través de la cerca sobre la siguiente ventisca invernal y las paladas que nos exigiría.

Percy y yo llevamos a Gam Gam, congelada y glaseada en plástico fino, a la clínica veterinaria universitaria. Cuando por fin atravesamos los infinitos pasillos desinfectados con lejía y llegamos a la unidad de diagnóstico, su cuerpo estaba blando y mojado. Abonamos quinientos dólares para asombrarnos ante la tierna edad del facultativo, quien nos informó de que las pruebas no habían revelado nada en absoluto. Es un pequeño aunque costoso consuelo constatar que nuestra ignorancia va a la par con la ignorancia imperante a nuestro alrededor.

—Era mi gallina preferida —dijo Percy.

—Yo no tengo preferida —respondí yo, aunque había sido Gam Gam.

No hay una fórmula mágica para la limpieza. El secreto es dedicarle el tiempo necesario para obtener resultados. Los resultados de la limpieza son visibles. Las superficies reflectantes, cuando están limpias, multiplican la luz de una estancia inundándola de luz. Vidrio liso, metal bruñido, madera antigua tratada a la antigua: todo se transforma en fuente de luz. La luz rebota de superficie limpia en superficie limpia, haciendo brotar luz en todos los elementos de la estancia. Una casa sin limpiar acumula polvo y por lo tanto tiniebla.

En una casa limpia, las superficies planas se suceden ininterrumpidamente. El ojo no se para a escudriñar una miga o un pegote de barro caído de la suela de un zapato de pisada fuerte. La vista se desplaza por la extensión de una superficie limpia hasta que la superficie termina. El ojo aterriza en el objeto que elige y no en el desperdicio errante o la toalla dejada de cualquier manera.

Una toalla dejada de cualquier manera bajo una luz tenue —o cualquier otra prenda desechada y reducida a un reposo compacto en el suelo, pero sobre todo una toalla, por peso y volumen— semeja un animal muerto.

En un instante, el cerebro corrige al ojo: ahí yace una toalla porque aquí hay un cuarto de baño lleno de toallas. El cerebro corrige a tal velocidad que el animal muerto existe en la memoria como un único fotograma de una película, tan indistinguible como cualquier otro, si bien las probabilidades de distinguirlo son más bajas que en el caso de los muchos fotogramas de toallas, y unido por un hilo fino al equívoco.

El primer viernes de febrero, a última hora de la tarde, recogí del escalón de la entrada la publicación trimestral del vecindario cubierta por dos centímetros de nieve recién caída. Titular: «El radio de un derrame de crudo abarcaría buena parte de Camden. ¿Qué consecuencias puede traernos?». El artículo correspondiente consistía en repetir las mismas palabras en una letra mucho más pequeña. De aquí se puede extraer una lección. Nadie sabe qué consecuencias puede tener para nosotros el existir dentro del radio de un derrame de crudo, pero, así impreso, en descomunales letras de molde, buenas no pueden ser. La ruta del crudo desde Dakota del Norte a las refinerías pasa por nuestra zona. El tren ruge a todas horas, más cargado que antes. Debido al peso, las reverberaciones de los raíles viajan en forma de ondas subterráneas y alcanzan los cimientos de la casa, sacudiendo los muros de forma imperceptible, aunque si pongo una mano en la pared cuando pasa el tren lo noto, como el zumbido de un bajo. Las paredes ronronean y la madera tiembla y la escayola se desmenuza con la fuerza del tren, una fuerza externa ínfima en comparación con el empuje hacia delante del propio tren.

Las vibraciones han provocado una grieta en el suelo de cemento del sótano, y, a lo largo de la grieta, toda una serie de agujeritos desde los que una procesión de hormigas —hormigas diminutas, como recién nacidas, o tal vez una variedad en miniatura de una hormiga más anciana y sabia, y desde luego sabias parecen, siempre colaborando con extrema mansedumbre— ha marcado el inicio de la primavera en los últimos tres años. Desde esos mismos agujeritos surgió una araña gigante el verano pasado, tras ponerse las botas con las hormigas, sacando primero una pata fibrosa, en posición de seguir devorando o de retirada. La tarde que estuve espiando la pata solitaria de la araña, la luz entraba a raudales por los ladrillos de vidrio como de vaso de batido nivelados con el suelo sobre mi cabeza y provocó una proyección de la pata en el suelo del sótano, una pata fibrosa aún más gruesa.

Una mañana, semanas después, otra araña gigante, puede que más grande, puede que no —es imposible determinar el tamaño real de una araña, una araña empieza siendo más idea que ser, aunque también es un ser, un ser vivo, cuyo tamaño depende totalmente de su postura y cuya vida depende apenas de una mirada caprichosa—, apareció encima de una bayeta en el fregadero. Tuve la sensación de que no podría ejecutar ningún movimiento hasta que la araña fuese irreconocible como tal.

No recuerdo cómo maté a la araña, pero allí estaba, contraída como un puño ciñendo unas ramitas. Es casi seguro que intervino la fregona, pues quedaba a mi alcance si estiraba el brazo. Percy irrumpió poco después, soliviantado por el ruido. Para ayudarme a recuperarme, me aseguró que la araña del fregadero era la misma araña del agujero del sótano. Nunca me había planteado que la esperanza de vida de la primera araña pudiera superar las dos semanas que hacía que la había visto por última vez. El comentario tranquilizador de Percy tuvo el efecto contrario. Días más tarde, una araña del mismo tipo salió de detrás del congelador del sótano mientras yo sacaba una hogaza de pan. Percy se ocupó de ella, o eso me aseguró, lo que supuso dos arañas gigantes de la misma especie en menos de un mes —pardas y musculadas, tal vez de la familia que provoca necrosis y putrefacción—, suponiendo que yo hubiera visto todas las arañas y suponiendo que Percy estuviera en lo cierto cuando dijo que dos eran la misma. Si se equivocaba, había tres, y una estaba en paradero desconocido.

El arce azucarero del patio de atrás se está muriendo. Intento no pensarlo en estos términos, pero cada nueva estación trae consigo indicios nuevos. Los inquilinos anteriores, una pareja, tallaron sus nombres en el tronco dentro de un corazón demasiado profundo. La corteza del interior se debilitó y murió, dejando una cicatriz en forma aproximada de corazón a lo largo de un tercio del contorno del árbol, algo que no pudo ser bueno para el matrimonio. El arce es alto y tiene una silueta elegante, se inclina hacia la casa describiendo un arco gris y alargado, y las ramas más pequeñas se elevan formando líneas puras. Si pretendiera rodear el tronco con mis brazos, mis dedos no se tocarían. Perder el árbol supondría un duro golpe para todo el vecindario, por no hablar de los diez metros a los que afectaría la caída, muy probablemente nuestra cocina y el comedor adyacente.

Cada año, el arce sufre pérdidas nuevas y dolorosas: tres ramas de envergadura caídas durante un vendaval el pasado abril, un críptico mensaje garabateado por un pájaro carpintero meses después en una grieta en expansión que apareció como por efecto de un rayo, y, en otoño, una fisura nueva en la corteza de la base del árbol, a cierta distancia del corazón yermo y, creo, sin relación con él, que lloraba un reguero viscoso de savia a la tierra, preservando la escasa hierba que allí crecía dentro de una costra ambarina. No sé qué es lo que determina el albedrío de un árbol, pero, para nuestro arce, un absceso con forma de corazón que se dilata lentamente es motivo suficiente para morir. El árbol ha tirado la toalla. No hay otra explicación para la alfombra constante de ramas en el suelo y el moho verde de su capa externa y el color anodino del otoño pasado. Cuando el frío amaine, o tal vez cuando el invierno se acabe de la noche a la mañana, como ocurre a veces, el árbol estará una estación más cerca de convertirse en leña.

En la medida de mis posibilidades, mantengo a las gallinas alejadas de la muerte. Pero la pura realidad es que las gallinas son de constitución delicada. A las gallinas les traen sin cuidado mis gestos en pro de la vida en un sentido tradicional, pero las más de las veces no se mueren, que es la forma más primitiva de gratitud. De esto no se desprende que las gallinas mueran como muestra de ingratitud. Nadie sabe por qué mueren las gallinas. Lo único que una puede hacer por una gallina enferma es comprobar que no haya un huevo atascado en el conducto huevil; «conducto huevil» es el término coloquial, el que acuñó Percy, porque Percy se jacta de su coloquialismo. Una gallina con un huevo en la cloaca camina más como un pato que como una gallina. Naturalmente, si solo has visto los andares de uno o de la otra, o de ninguno, esta información carece de utilidad.

A Gam Gam se le atascó una vez un huevo, el año antes de que muriera. «Huevo atascado» es el término técnico. Antes de la obstrucción, Gam Gam era nuestra gallina más ágil. Dejaba atrás a las demás sin despeinarse, algo que demostró ser providencial porque las otras gallinas la habían señalado como la última del escalafón, acorralándola a menudo en un rincón del gallinero y picoteando las plumas nuevas que le salían en la cola hasta que solo quedaba la carne languidecida de su trasero al aire, con motitas de sangre. La primera y única señal del huevo atravesado en su interior fue una actividad exagerada en el pompis, unos movimientos pendulares hacia abajo con el culo casi implume, como si bailara al son de una música irresistible. Me miraba con expresión preocupada. No me percaté de que andaba como un pato, aunque era evidente que algo le pasaba. Aun así, pese a las molestias que le causaba, no se oponía a moverse. Al contrario, parecía proclive al movimiento.

Percy estaba en el salón, digitalizando el contenido de sus cajas de leche, y cambió de tarea eficazmente, sin moverse ni un milímetro, para hacer una búsqueda sobre gallinas y causas de muerte, sin que su metódica mano vacilara ni un ápice en su desplazamiento. Anunció que debíamos sumergir el culo de Gam Gam en un balde de agua calentita, o introducirle un dedo limpio en el orificio.

—¿Cómo de calentita? —dije.

—Déjame ver... sumergirla durante dos horas, hum. No demasiado caliente, supongo.

Gam Gam despertaba mi instinto de protección. No me rehuía, ni se resistió cuando la levanté y la apreté contra mi pecho; o había desarrollado un afecto repentino por mí, o estaba moribunda. Su pulso era una melodía frenética. Le presioné un poco el trasero y noté una masa firme. A tenor de las veces que había presionado la anatomía de una gallina, bien podría haber sido su estructura normal.

—Está malita —anuncié.

—Es más bien un estreñimiento existencial —dijo Percy, pendiente de mi reacción a su ingenioso comentario.

Los dedos de Gam Gam se retorcieron contra mi jersey gris preferido, enganchándose en la lana holgada. Era fácil confundir el mecanismo con confianza, unidas como estábamos, como un invento escandinavo para colgar objetos. La llevé en brazos, estrechándola contra mí, hasta el pie de los escalones. Llegadas a ese punto no fui capaz de seguir; nunca me había parado a pensar en los escalones hasta ese momento en que la apuesta se elevaba a la enésima potencia con el ave en brazos, ligera como una figurilla de porcelana, jadeando contra mi pecho. Cuatro sencillos peldaños de anchura y altura medias. Pero no veía dónde poner los pies; Gam Gam ocupaba todo mi campo de visión. Había subido esos escalones diez mil veces sin preguntarme jamás dónde pisar ni pararme a pensar en las particularidades de hacerlo mal. El ave no correría mejor suerte que una bolsa de pretzels.

—¿Me echas una mano? —le hinqué un codo a Percy—. No veo por dónde voy.

Él me agarró del brazo con las dos manos y me guio escaleras arriba.

—Aquí llega el primero —anunció—, ahora dos más, y el último ya, *voilà* —declaró, aunque no me soltó el brazo.

Las patas rígidas de Gam Gam se aferraban a mi pecho y no había manera de soltarlas. Rigor mortis, pensé, lo que me incitó a actuar. Me quité el jersey con la gallina dentro y coloqué el conjunto en el fregadero lleno de espuma; el toque inútil del jabón, idea de Percy. Puse a Gam Gam a flotar en el agua espumosa y noté que se ablandaba. Sepan o no nadar las gallinas, y dudo mucho que sepan, Gam Gam empezó a patalear, haciendo que las plantas de los dedos parecieran cubiertos sucios bajo las olitas de mi jersey.

No vi salir el huevo, pero puedo dar fe de su sigilo. Yo había metido a Gam Gam en una caja de cartón, lo bastante grande para alojar una gallina o, más concretamente, doce botellas de vino, y me di la vuelta para considerar qué resultaría más convincente como nido, si unos brotes tiernos agriados dentro de una bolsa de conservación o un puñado de espaguetis sin cocer. En ese intervalo, el huevo abandonó el cuerpo de Gam Gam y aterrizó en el cartón sin emitir sonido alguno, con el aspecto de un huevo ordinario a pesar de todas las dificultades. Yo había esperado el taponazo y el derramamiento del champán.

La limpieza no es un estado natural. De todas las circunstancias que pueden concurrir al azar, la limpieza no es ninguna de ellas. La limpieza es un estado pasajero, indisociable de la acción de limpiar. Esto nunca es más obvio que en la intimidad del propio hogar. Cualquier persona que viva sola y no limpie se enfrentará a esta verdad tarde o temprano.

La suciedad es lo más natural del mundo, pero a menudo resulta indeseable. Para mantener a raya la suciedad nos atrincheramos contra ella, tablón a tablón. La colocación de un muro es arbitraria —la naturaleza no empieza aquí y acaba allá—, pero no está exenta de significado. Un muro sugiere que hay recursos disponibles a un lado que no están disponibles al otro, lo que, en este sentido, es lo contrario de compartir.

Nuestro barrio está todo tapiado. Cabe suponer que lo que hay detrás de las puertas cerradas a cal y canto y las ventanas tapiadas no causa problemas, pero aun así los tablones permanecen. Quizá para privar a los adolescentes de la alegría musical de romper cristales. En la tienda de la esquina, que siempre anda cambiando de dueños pero nunca cambia, apareció de la noche a la mañana un agujero del tamaño de la punta de un bastoncillo en la puerta de hojas de vidrio. Alrededor del agujerito, el cristal grueso forma un cráter perfectamente concéntrico. Una amplia variedad de objetos podría haber causado el agujero, y sin embargo yo solo puedo pensar en uno.

Nuestro vecindario no ha logrado alcanzar todo su potencial. No es un buen vecindario y quizá nunca lo fue, pero se suponía que debía serlo. No lograr alcanzar el potencial es el gran problema de nuestro tiempo. Solo hay que pararse a considerar los costos hundidos de la vida humana a escala global. Por ejemplo, en este preciso instante veo a través del ventanal de nuestra casa a un hombre con un abrigo rojo, con la capucha levantada por efecto del viento gélido, sentado en el banco junto al bulevar, observando la casa que le queda enfrente, esperando que el toldo se despliegue a medias o una luz se encienda y se apague equis veces seguidas o cualquier otra señal que indique la llegada de nuevas remesas de drogas a un lugar predeterminado. En dos ocasiones he visto una bolsa de comida rápida lanzada desde un vehículo de acabados elegantes y recogida poco después por un hombre sentado en el banco, una de las veces este mismo señor del abrigo rojo, quizá las dos veces, si el hombre tiene más de un abrigo de invierno. Recogió la bolsa y la tiró al contenedor más cercano, no sin antes extraer un paquetito del interior. Al margen de esto, los hombres de nuestro vecindario no tienen por costumbre sentarse en bancos ni recoger basura.

A pesar del entusiasmo con que se habla del potencial del barrio, el valor de nuestra casa lleva años cayendo en picado, impredecible, hasta que el hundimiento se convirtió en el resultado más probable. Desde entonces, su valor ha seguido hundiéndose. En un momento dado, lo mejor que podremos hacer será liar un hatillo con nuestros teléfonos y poner rumbo al oeste.

Percy compró la casa antes de que nos conociéramos. La mujer con la que salía por aquel entonces la consideraba una casa con encanto y no le faltaba razón. Es una casa con encanto. Del mundo inmobiliario no sabía nada, ni le importaba. Ella se marchó hace mucho tiempo y la casa permanece y la ubicación no ha cambiado. Yo adoro esta casa por su robusto buen aspecto y su determinación de valer algo aquí o, más bien, nuestra determinación de que valga tanto aquí como en cualquier otra parte. Para eso pintamos todas las habitaciones —algunas dos veces tras no obtener el color deseado a la primera—, plantamos un frutal y colgamos dos ristras de lucecitas blancas, aunque las bombillas han resultado ser demasiado delicadas. Compramos un comedero para pájaros, luego un comedero para pájaros a prueba de ardillas, roto ya por culpa de la potencia de su propio mecanismo. El comedero percibía la presencia de ardillas y las catapultaba hacia el espacio, con los carrillos llenos de semillas, conforme a las leyes de fuerza centrífuga, alimentando a las ardillas y proporcionándoles una fuente de diversión al mismo tiempo.

Es buen momento para marcharse. Los trenes pasan a todas horas, día y noche. Han aparecido arañas. La muerte del arce azucarero se cierne en el horizonte. En la casa de la esquina de enfrente venden drogas, y la beata Rita, nuestra vecina de al lado y por lo tanto la de justo enfrente de la casa donde venden drogas, sufre demencia senil y paranoia. Una vez le dejé en la puerta de casa un periódico que nos habían despachado a nosotros por error y me recibió la lente de un telescopio de gran tamaño.

Yo solo sé tres cosas sobre el mundo inmobiliario: ubicación, ubicación, ubicación. Suficiente para comprender nuestra situación.

Antes pasaban dos trenes al día con mucho garbo. A un kilómetro calle abajo, el motor cobraba vida con un golpe de tos seguido del vómito metálico de cada vagón topetando con el vagón de delante, lo que marcaba el inicio del espectáculo. Durante estos intervalos de estrépito nostálgico yo solía mirar por la ventana de la cocina, más allá del callejón y las zanahorias gigantes de los vecinos de atrás, examinando las vistosas combinaciones de color de los vagones en movimiento en busca de la maravillosa aparición de una palabrota.

Ahora los trenes pasan a todas horas. El estruendo del tren es irregular, a veces discordante debido al peso del crudo, a veces melodioso, cuando los vagones van cargados de mercancía ligera: zapatillas de deporte o modernos artilugios electrónicos recién desembarcados del vasto mercado internacional, o bolsas de palomitas de maíz de Mankato que se dirigen allende los mares. Incluso las palomitas de maíz deben cubrir grandes distancias para que podamos vivir una vida libre de cargas, haciendo que el maíz estalle en otra parte, desembarazándonos de las motitas de grasa que flotan en el aire, se unen y forman goterones de grasa en nuestras paredes y en nuestras vidas y, naturalmente, dentro de nosotros. Nunca más haremos palomitas de maíz, pues las compramos por un precio que parece más barato que justo. Contaremos anécdotas de cuando hacíamos palomitas, y los niños de la siguiente generación esbozarán el obsceno gesto que represente en el futuro el actual poner los ojos en blanco. A veces, cuando estoy desvelada en mitad de la noche, el sonido del tren se transforma en un sonido humano, agudo y creciente. Cuando esto ocurre sé que estoy a punto de conciliar el sueño. Uy, el bebé está llorando, pienso, y aun así me desvanezco.

Nuestros exvecinos llamaron el martes por la noche justo después de la cena y mucho antes de que nos metiéramos en la cama. Debieron de llamar desde el fijo, en Iowa, porque al otro lado de la línea estaban tanto Cal como Lynn. Estuvimos desincronizados de principio a fin. Si la conversación se hubiera producido con una sola persona, yo habría sabido que se estaba esquivando el motivo de la llamada, tales eran los silencios. Como yo tampoco hablaba, el silencio llegó a ser total. La llamada, a mi móvil, me había pillado desprevenida. Percy y Cal se llevaban bien, Lynn y yo, un poco menos. ¿Por qué no llamaban a Percy? O, mejor, ¿por qué no llamaba Cal a Percy, que estaba sentado en el sofá deduciendo la conversación por la ausencia de la misma? (A Percy nada le gusta más que el torpe teatro de la vida real.) ¿Por qué llamaban Cal y Lynn, los dos juntos, como una forma anticuada de pasar el rato una tarde de domingo? Yo no era consciente de que tenían mi número y dediqué mi cuota de silencio a pensar en las muchas maneras en que los demás eran más hábiles que yo a la hora de obtener información personal.

—¿Crees que...? Ay, Cal, ahora no... Pero yo pensaba que... ¿Cómo está Percy? —dijeron.

—Está aquí a mi lado, ¿queréis que os lo pase?

Percy cogió su cuaderno, ahora estaba trabajando.

—No queremos molestar.

El silencio persistió y, al hacerlo, se intensificó y se volvió casi insoportable, o insoportable del todo, y la prueba aún estaba por llegar. Hoy está de moda llevar todos los aspectos de la vida hasta el límite. En este sentido, nuestro silencio estaba a la última. No estoy hecha para los lujos de la autoprivación, jamás podría aguantarla, sobre todo si el lujo se basa en no hacer nada en absoluto.

—No desaparezcáis —dije—. Pasaos un día cuando vengáis por la ciudad y así veis a las gallinas —lo que resultó ser un buen ejemplo de silencio insoportable que da paso a algo aún peor.

—El sábado —dijo Cal—. El sábado iremos.

—Si la propuesta sigue en pie —añadió Lynn.

Claro que sí, muy bien, todo bien, además las gallinas se alegrarían de ver a su adorable hija (palabras literales, «adorable hija», porque de pronto había olvidado cómo se llamaba, aunque «adorable» no era exactamente la palabra que yo andaba buscando... «Katherine», recordé un segundo demasiado tarde), y si no estábamos nosotros en casa, daba igual, podían hacerles una visita a las gallinas y quedarse todo el tiempo que quisieran. Yo esperaba que no estuviéramos en casa.

Tendría que preparar algo para recibirlos, lo que en sí no era excesiva molestia, pero me mortificaría hasta el punto de que lo fuera.

En la alacena, dispuestas en fila igual que los tomos de

una enciclopedia, tenemos doce cajas de preparado para brownies. Esta profusión de brownies en ciernes es lo que queda de una reciente investigación de Percy. Según había oído por ahí, en tiempos los dos huevos que se deben añadir al preparado habían existido también en forma de polvos incorporados a la mezcla. En un momento dado, como el preparado era demasiado fácil y negaba a las amas de casa cualquier opción de intervención, se eliminó el huevo en polvo para que pudieran añadirse huevos frescos a mano, empoderando así a las mujeres que compran pastelitos industriales. La propuesta de experimento de Percy consistía en preparar dos bandejas de brownies al día durante un mes, una con huevo en polvo y otra con huevos frescos. (Doy por hecho que la abundancia de brownies era una fantasía preexistente.) Percy dio por concluido el experimento abruptamente, hacia la mitad del proceso, como un apéndice al hecho de que había engordado cinco kilos y tras determinar que el experimento no desmentía de manera ostensible su teoría original, a saber, que los huevos frescos no proporcionan mejores resultados y que de hecho son menos fiables, pues introducen un mayor margen para el error humano. Esto a su vez dio lugar a un artículo bien acogido en una revista poco conocida en el que afirmaba que preferimos hacer una aportación deficiente antes que no hacer nada. Y total, que las cajas se quedaron en la alacena.

Tendré que limpiar el gallinero antes de la visita de Lynn. Lynn me ha expresado varias veces el respeto que le inspira mi pulcritud. «Yo no limpio bien», me dijo un día, «pienso en categorías demasiado pequeñas». En los años en que Lynn vivió al otro lado del callejón, nunca estuve en su casa para confirmar su estado ni las numerosas categorías de su interior.

En una ocasión vi a Lynn limpiar su coche durante toda una tarde. Observaba a ratos sus progresos a través de la ventana de la cocina, su voluminoso trasero enfundado en sarga de algodón y elevado hacia el cielo. El proceso parecía repetirse una y otra vez sin resultados visibles, salvo el desmoronamiento de la permanente de Lynn en todas direcciones por efecto de la actividad. Cada etapa del proceso requería una sofisticada botella para administrar un agente limpiador, o una mutación de la aspiradora, o, posteriormente, una potente espita fijada a la manguera del jardín, hasta que el coche, por fin, al atardecer, quedó exactamente igual que al principio.

La mayoría de la gente no piensa en la piel de un pollo más allá de si es una parte del ave que les gusta comer o no. Algunos se comen con gusto un bocadillo que lleva poco más que eso, y otros quitan la piel sí o sí, sea cual sea la preparación, dejándola ceremoniosamente en el borde del plato, donde actúa como imán carnoso de cualquier cosa que quede a su alcance. La piel de una gallina viva actúa del modo opuesto: se descama, se cae, se dispersa.

La caspa de gallina flota en el aire durante horas antes de asentarse en el suelo. Si durante el lento descenso de las partículas una gallina aletea o un soplo de viento entra en el cobertizo o un visitante tose o hace un ademán enérgico, la caspa se arremolina de nuevo en el aire, lo que prolonga su caída. A pesar del poco efecto de la gravedad en las delicadas partículas en suspensión del gallinero, el polvo se acumula más deprisa dentro del gallinero que en cualquier otro lugar. Todo lo que entra se transforma en polvo con el tiempo. Aunque esta afirmación es cierta para cualquier cosa, las cosas del gallinero cogen polvo a una velocidad impresionante: la comida nada más verterla, cuando se picotea, y poco después como excremento; la paja cuando se esparce o se pisa; las propias gallinas como piel y pluma y escama. Las gallinas se refocilan en la suciedad para quitarse partículas peligrosas, existan o no dichas partículas. Las vidas de las gallinas están gobernadas por la acción, no por el conocimiento; por lo tanto, hay que realizar ese mantenimiento rutinario de levantar suciedad aquí y allá. A todas esas ráfagas y cascarillas hay que sumar las partículas de los animales atraídos por el sobrante de las gallinas. Y luego, como guinda, dos veces al año Percy sujeta a las gallinas una a una por las patas, bocabajo —cuando las agarran así, despliegan las alas—, y las asperja con unos polvos ecológicos. El rociado tiene lugar delante del gallinero, pero los polvos, un talco tan fino que se cuela por todos lados, se adhieren a las plumas de la gallina durante días, silenciando su brillo, hasta que por fin se liberan y, un poco más tarde, van a posarse en el suelo. Al suelo del gallinero cae el polvo cáustico, que huele a naranjas, junto con todo huésped de la carne y las plumas de la gallina, aunque cabe suponer que los polvos no discriminan entre lo que es bienvenido y lo que no.

De no ser por la visita de Lynn y su veneración hacia mi pulcritud, no limpiaría el gallinero. No limpio el gallinero en invierno. Emprendo la labor con deleite cada primavera, pero, hasta entonces, el polvo se acumula, afelpando el interior del recinto. Afelpado contenedor verde lleno de paja, afelpada bombilla de calor (inflamable), afelpada herramienta para arrancar el diente de león, afelpados guantes de jardinería con parches de cinta de embalar y sin usar desde la primera semana de noviembre, cuando una precoz y pertinaz nevada anuló la necesidad de rastrillar. Cuando se establece contacto con cualquier objeto afelpado, este descarga una lluvia de polvo y revela el objeto menor que había debajo. Si se baja del estante más alto la bolsa de concha de ostra con su superficie acolchada, o del mismo sitio la bolsa de semillas de césped con su superficie acolchada, el chaparrón de polvo convierte todo lo que haya abajo en una sórdida bola de nieve.

El 2 de noviembre del año pasado empezó a nevar como quien no quiere la cosa. Los copos descendían por el cielo con un viento frío del norte, lo que provocaba que describieran círculos sin aterrizar, acumulándose en el aire. Durante horas la nieve cayó y se arremolinó sin llegar a tocar el suelo en ningún momento, en un denso borrón blanco sobre un fondo de blancura con la hierba aún verde debajo. Visto desde la ventana de la cocina, el mundo parecía un lienzo recién empezado. Cuando el viento paró bruscamente, en medio del gatear del tráfico en la hora punta, la nieve aterrizó de golpe sobre los coches que se desplazaban a paso de tortuga del trabajo a la ciudad. Percy circulaba por la interestatal en ese momento. Su parachoques chocó con el parachoques del coche de delante en el preciso instante en que el parachoques del coche de atrás chocaba con el parachoques de su coche, y así sucesiva y regresivamente. En todas partes los conductores se bajaron de sus coches para comprobar los parachoques y descubrir que habían chocado con la nieve que separaba un coche de otro. La repentina nevada se había quedado atrapada entre los coches.

Cuando se puso a nevar, las gallinas dejaron de picotear entre las castigadas hostas. A las gallinas no les gusta el frío, pero la nieve no tiene nada que ver con el frío dentro del estrecho pasillo que es la mente de una gallina. Los copos se movían en todas direcciones igual que una plaga de moscas; la extraña y rauda tormenta era el sueño más descabellado de una gallina hecho realidad, aunque es probable que las gallinas no sueñen, atrapadas como están en el momento presente. En aquel momento, el cielo estaba plagado de esos afanosos restos flotantes que las gallinas están específicamente diseñadas para interceptar. Las gallinas se afanaron, arrancando copos del aire uno a uno, una y otra vez. De no haber sabido lo que estaba pasando, habría pensado que la escena resultaba cómica, pero las gallinas no son criaturas cómicas. Las gallinas comen, beben, duermen y poco más. Muy de tarde en tarde, en ocasiones como esta, el resultado es indiscernible de lo cómico.

No usé la CleanMax Zoom para limpiar el gallinero. Demasiado valiosa. Saqué la Shop Vac del sótano y la cargué escaleras arriba abrazándola por el talle, con el peligroso tubo colgando. Mantuve abierta la mosquitera deslizando un disco metálico junto al mecanismo hidráulico que impide que la puerta se cierre. Al estar abierto, el cristal se escarchó con el aliento del frío.

A las gallinas les aterroriza la Shop Vac cada vez que limpio. Si fuese posible transmitirles una idea tan compleja, les diría que no se preocuparan.

Las gallinas volaron lastimosamente hacia las paredes —vuelan tan lastimosamente que se me parte el corazón— mientras yo, blandiendo el tubo gordo con una mano enguantada, tocaba la trampilla con la otra. La portezuela estaba congelada, requirió una patada firme de mi bota blanda. Con los dedos de los pies doloridos, la trampilla se abrió con un nítido chasquido y las gallinas salieron despavoridas en orden de picoteo para alertar al vecindario de la aparición en su salón de un pequeño agujero negro que se tragaba la superficie de todas las cosas. Los gritos agudos de su audaz pronunciamiento se impusieron al marciano zumbar de la aspiradora. He visto películas aterradoras cuya banda sonora consistía únicamente en gritos sobre ruido blanco, un terror que nacía del propio ruido. Pero allí, en el gallinero, aquel día ordinario, no pasé miedo.

El mundo de las gallinas ha amenazado con acabarse de idéntica manera mil veces, pero una gallina no recuerda. Una gallina vive cada momento una vez y solo una. El cielo se desploma y a las afanosas ardillas les da igual; el cielo se desploma y a los sobrios gorriones les da igual; el cielo se desploma y a los perros famélicos les da igual, salvo a Coco, el perro que vive al otro lado del callejón, detrás de un muro de seto de cedro, cuyo comunicado diario constituye una amenaza indescifrable y brutal.

Estábamos en casa el sábado porque no teníamos planes de salir, y hacer planes habría supuesto planear una evasión. Si hubiera vivido sola es exactamente lo que habría hecho, pero Percy estaba en casa, casi siempre está en casa, y no me gustaría que me viera hacer algo así.

«¿Por qué no preparas los brownies?, así te relajas», propuso Percy. Yo había estado pensando en voz alta en los brownies sin dejar de dar vueltas por la sala, y en los brownies pensaba en ese preciso momento, y en el poco tiempo que tardan en hacerse sin que lo parezca. Los brownies aún no estaban en el horno para que la calidez que desprendían recién hechos enmascarase su calidad media. Cal tendría que hacer maniobras para meter la ranchera con paneles de madera, centímetro a centímetro, en el caminillo de acceso. Lo había visto aparcar la ranchera tantas veces que era capaz de reproducir la escena de cabo a rabo, la cabeza meneándose adelante y atrás por encima de su hombro derecho igual que un hombre cazado, las luces de freno encendiéndose y apagándose y encendiéndose de nuevo hasta apagarse definitivamente. Yo podría cascar dos huevos y mezclar la masa en el intervalo que la acción de aparcar me ofrecía, si dejaba listos de antemano los bártulos. «Prepararé los brownies en el último momento», pensé en voz alta. Desde donde me encontraba, junto al ventanal del salón, no había ni rastro de coches en el bulevar.

La nieve de la calle era de un blanco mugriento. Un polvillo nuevo se dispersaba sobre la superficie igual que una ilusión óptica. Un hombre, una mujer y una niña se lanzaban una pelota roja. A esas alturas, el invierno había sido tan largo y tan frío, como siempre, que no podía imaginar qué gracia podía tener aquello. La propia pelota se había desmanguillado por culpa del frío. El plástico blando cogió una racha de viento, voló hasta cierta distancia y la niña corrió pesadamente tras ella. *Fi, fa, fai-fo-fum.* Solo podía ser Katherine.

—¿Lynn? ¿Katherine? ¡Entrad! —las llamé.

—No hay prisa —dijo Cal—. Estamos jugando a la pelota.

Las manos alargadas de Lynn estaban remetidas en la calidez de los sobacos de su abrigo acolchado, bajo las correas de una mochila de adulta, y Katherine no llevaba guantes.

—Botas fuera —dijo Lynn en el momento en que entraban en casa.

Katherine se quitó las botas sin detenerse y de un salto se plantó en la cocina, donde una ventana sobre la encimera da al gallinero. Se puso de puntillas para reconocer a las gallinas. Katherine no es alta aún, pero al verla así —cada centímetro tensado hacia arriba— queda claro que lo será. Será alta, como su madre.

—¡Están ahí! —exclamó Katherine. La bombilla roja colgante que calienta el gallinero había abierto un agujero en la escarcha de la ventana, como el marco de un retrato cursi. Las gallinas formaban una fila ordenada bajo el calor—. ¿Podemos salir? —Empezó a dar saltos, haciendo repiquetear las sartenes del cajón de debajo del horno.

—Vamos a calmarnos, Katy —dijo Cal—. ¿Por qué no nos sentamos un ratito y nos ponemos al día con los vecinos? —Se sentó junto a Percy.

—Katherine, ¿te gustan los brownies? —pregunté.

Katherine asintió, un tanto hiperactiva para la hora que era. Lynn negó con la cabeza. Me acerqué a la alacena y ¡vaya! En la balda más alta, la libresca hilera de brownies había sido sustituida por una caja rosa atada con un cordel. Ay, cómo sonreía radiante Percy desde su característico hueco del sofá. Desplacé el cordel hacia el borde de la caja. Como estaba muy apretado, tuve tiempo de considerar que la caja bien podía contener unas bragas de seda, pues el tamaño excesivo del embalaje insinuaba lujo. El movimiento sugerente del cordel, igual que cuesta despojarse de una prenda muy ceñida, reforzó la idea de las bragas. La caja parecía muy grande, pero lo pareció un poco menos cuando pensé en lo inadecuadas que resultarían unas bragas de seda en una caja diminuta. Qué ordinario sería privarlas del lujo del espacio. Me detuve con la tapa en la mano, no quería ser la persona que familiarizara a Katherine con el concepto de bragas de seda.

La caja estaba llena de pasteles. Katherine los manoseó todos, por turnos.

—Yo mejor no —dijo Lynn—. Habrá comida después del funeral.

—Lo siento mucho —dije yo—. No tenía ni idea.

—Un primo segundo, nada más —terció Cal.

Lynn agachó la cabeza y a continuación abrió el bolsillo pequeño de la mochila y sacó un chicle.

—¿Querrá Katherine salir a ver a las gallinas? —pregunté.

Lo único que quedaba de Katherine era medio dónut glaseado.

Me puse el abrigo gris largo que me cubre por debajo de las rodillas y las botas de esquimal. Me puse la bufanda suave con los flecos enredados y el gorro naranja chillón, color cuya única utilidad es prevenir disparos accidentales, algo que, en nuestro vecindario, no está del todo fuera de lugar. Y, por último, me puse las manoplas gordas forradas en piel. Oí a Katherine gorjear al otro lado de la puerta, pero cuando salí, envuelta en toda mi parafernalia igual que una alfombra enrollada, no la vi en ninguna parte, los absurdos gorjeos desmaterializados por acción del frío embaucador. Vi el resplandor de su pelo rubio a través de la ventana escarchada del gallinero.

—¿Tú crees que se acuerda de mí? —preguntó Katherine.

Le ofrecía los dedos a Gloria a través de la ancha malla de alambre. Las gallinas no recuerdan nada, naturalmente, ni a sus compañeras, ni a mí, ni desde luego a Katherine, que había crecido al menos dos centímetros desde que ya no vivía en la casa de al lado.

El viento entraba en el gallinero en forma de afiladas cuchillas. Las gallinas no se atreverían a salir sin que mediara un soborno. Cuando volví de la cocina con un plátano en la mano, Katherine abrazaba con fuerza a Gloria. Gloria se revolvía y aleteaba, hasta que cayó bajo el embrujo de la mirada de Katherine, advirtiendo quizá la gallina en miniatura atrapada en el globo ocular de la niña, o el parecido del ojo con una suculenta uva.

—¿Me la puedo quedar?

—Puedes darle esto. —Le puse a Katherine el plátano en la mano.

—¿Y si me come la mano?

—Nunca se ha comido una mano. —Lo ha intentado, por supuesto, y ha fracasado.

—Au, au, au, au, au, au, au. —Aparte de esto, a Katherine no parecía molestarle—. ¿Puedo quedarme con una pata cuando las mude?

—Las gallinas no mudan las patas —dije.

Sin embargo, nunca había pensado en el crecimiento de la pata de una gallina, a pesar de que me había maravillado el elaborado trabajo de sus escamas movedizas, parecidas al tejido de la piel de una serpiente. Las patas de Gloria parecían más anchas que nunca.

Katherine estrechó a la gallina contra su pecho.

—¿Crees que me echará de menos?

—Sobrevivirá —dije, aunque no estaba segura.

Desde donde Cal y Lynn nos observaban, detrás de la ventana de la cocina, se veía su antigua casa a la derecha. Los vecinos nuevos han pintado las molduras de amarillo ranúnculo, lo que hace que el lateral tenga un aspecto más cochambroso que nunca y la casa peor pinta que nunca.

—Venga, nena, que nos vamos —dijo Cal, metiéndole prisa para que se subiera a la ranchera.

—¿Puedo despedirme de las gallinas?

—Pero si acabas de estar con ellas —dijo Lynn.

—No sabía que nos íbamos ya.

—Sí que lo sabías, tenemos el funeral.

Vi cómo la ranchera se adentraba bamboleándose en el callejón y desaparecía.

Al cabo de un rato llamaron a la puerta. En el umbral, Lynn tenía una mano posada en el hombro de Katherine.

—Katherine te quiere decir una cosa.

—Gloria me ha dado esto. —Y me tendió un huevo marrón claro envuelto en un pañuelo de papel.

—Katherine —dijo Lynn.

—Perdón —dijo Katherine, y me puso el huevo en la mano, suave contra mi piel como una pastilla de jabón sin estrenar.

La mudanza no es segura. Percy espera noticias de la prestigiosa universidad, no tiene noticias desde la entrevista de finales de enero. A pesar de su falta de experiencia, alberga esperanzas, habida cuenta de su dominio de la jerga y su lento pero regular ritmo de publicaciones, que pasan por muchas manos. Su último libro se convirtió en algo con lo que dejarse ver, si bien no hay manera de saber el momento exacto en el que la gente deja de leer su trabajo y se limita a pasearse con él en la mano. Yo me abstengo de leer su obra en la medida de lo posible, pero puedo dar fe de la fatiga que supone hacerlo. Sus libros son complicados y por tanto aburridos, y para colmo de males Percy siempre ha tenido curiosidad por cosas muy específicas. A mí nunca me aburre su trabajo debido a mi necesidad de protegerlo, de espolearlo a cada paso. Pero me figuro que no soy la única a la que le alivia que sus teorías tengan resultados discretos. Aunque el comité de selección aún debe comunicar su decisión, Percy sostiene que el silencio es significativo, que podría significar, entre otras cosas, que es el último de los finalistas. Con todo, es una verdad poco reconocida que quien se va de vacío es el que más tiempo espera.

«Anoche pasó una cosa rarísima», dijo Percy. Lo dudé. Habíamos dormido uno al lado del otro. Las probabilidades de que pasara una cosa rarísima que a mí no me atañera parecían bastante escasas. Explicó que se había despertado en plena noche con una mujer sentada sobre su pecho. «Yo no era», salté, y él dijo que ya lo sabía. Sabía que no era yo o, mejor dicho, me veía a mí a su lado, dormida como un tronco, y sin embargo a ella, a la mujer invisible, no la veía, pero sabía que era una mujer, tenía el aura de una mujer, y sabía también que no era casualidad que estuviera sentada sobre él; si hubiera preferido sentárseme encima a mí, podría haberlo hecho, o si hubiera preferido no sentarse encima de ninguno de los dos había espacio de sobra a los pies de la cama entre Percy y yo, eso si poseía las proporciones de una mujer normal, y Percy estaba seguro de que sí, aunque no aportó prueba alguna. ¿Qué sabía? ¿Qué sabía Percy de las cualidades y proporciones de la mujer sobrenatural? Salvo, claro, que la hubiera tocado. Casi todos los hombres lo harían, quiero pensar, si despertaran de un sueño profundo con una mujer invisible y muda sobre su persona. No pregunté cómo podía saber incontrovertiblemente que se trataba de una mujer de proporciones normales; no me atreví a preguntarlo. Estuvo sentada encima de él durante lo que pareció un minuto, aunque en cuanto a esto Percy tenía dudas.

Sé a qué aura se refería, al aura de una mujer, si es que vamos a llamarla así. Nuestro bebé era una niña. Yo lo supe basándome exclusivamente en su aura, esto es, sin fundamento. Sin más fundamento que ciertos atributos que la rodeaban, lo que equivale a decir ciertos atributos dentro de mí. Yo lo sabía en mi fuero interno, antes de que ninguna prueba lo confirmara, y ninguna prueba lo confirmó. El momento de las pruebas se convirtió en otro momento terrible.

—Lo siento —dijo Percy—, lo he dicho sin pensar. Debería haberlo tenido en cuenta.

—No pasa nada —dije yo—. Las historias de fantasmas siempre me ponen los ojos llorosos.

Percy lo sabe, conoce todas y cada una de mis rarezas, como conozco yo las suyas: es dos centímetros más alto de lo que figura en su carné de conducir, y cuando da malas noticias se agarra la nuca con una mano, como si esperase un golpe desde atrás.

Toda mujer embarazada desea una niña. Si una embarazada cree que desea un niño, no ha completado el razonamiento según el cual un niño no es una niña. Cuando una embarazada descubre que va a tener un niño, se convence de que la sensación simultánea de desilusión no tiene nada que ver con el pronóstico. ¿Por qué no iba a acarrear desilusión la reducción a la mitad de todos los pronósticos posibles? Hay un tiempo en que todo es posible, un bebé podría ser niño o niña y, de forma inherente, cualquier tipo de ambos. Al descubrir qué mitad de las posibilidades prevalece, la mitad de las posibilidades ha desaparecido. La criatura será niño o será niña. Cuando una embarazada descubre que va a tener un niño, se convence a sí misma de que todo irá bien.

Cuando recibió la noticia de que iba a tener un niño, Helen me llamó para contármelo, para que la consolara. Percibí que había llorado a pesar de que, a lo largo de los muchos años de amistad que nos unen, solo la he visto llorar en una ocasión. Fue semanas antes de la llamada telefónica, en una cafetería a la que íbamos a menudo a almorzar. Helen me anunció que estaba embarazada con toda la naturalidad del mundo. El test se lo había confirmado esa misma mañana. Parecía que no podía evitarlo, que no podía guardar el secreto ni un minuto más, y por supuesto tuvo que contármelo así, nada más sentarse. En nuestra amistad, esa era su manera de ser. La noticia me pilló del todo desprevenida y, al constatar su excitación, me asaltó la antigua melancolía. Percibí que Helen quería que me alegrase por ella en el momento en que aguardaba mi reacción. Pero me quedé un buen rato sin decir nada y vi cómo su sonrisa impaciente se esfumaba. No se enjugó los ojos ni emitió ningún sonido ni hizo notar de ninguna forma el hecho de que estaba llorando. Las lágrimas simplemente aparecieron en su rostro, como una más de sus facciones.

Cuando contesté el teléfono, meses más tarde, el silencio de Helen estaba igual de cargado, jadeante.

—¿Helen? —dije. Sabía por qué llamaba: era un niño. En lo más hondo de mi ser, sentí alivio. Helen no lo tendría todo.

—Es un niño.

—Yupi —dije. No se me ocurrió nada mejor.

—Ninguna de las cosas que me había imaginado haciendo con el bebé son cosas que haga un niño.

—A un bebé le da igual todo —le aseguré.

—Mi futuro se ha convertido en un espacio en blanco. No consigo imaginarlo.

Todas las madres que conozco, salvo una, han decidido tener otro bebé. Algunas madres llegan a esta decisión una y otra vez, y otra más. Mi amiga, la que tiene solo un hijo, tuvo solo un hijo para sentirse menos mal por consumir más a lo largo de su vida. Luce un corte de pelo severo que requiere mucho mantenimiento, y no estoy segura de que se sienta menos mal por ello. Helen tendrá que tener otro bebé, una niña.

Si nuestro bebé hubiera vivido, yo también habría querido otro. Supongo que no sería muy distinto al estado natural de las cosas.

Las gallinas se han quedado sin comida. El grueso del alimento permanece almacenado en una caja de plástico gigante de la altura exacta de un rollo de papel de regalo y tan ancha que, al llenarla con algo que no sean las guirnaldas metálicas y el papel estampado para la que fue diseñada, es imposible levantarla del suelo. Yo lleno la caja con pienso granulado y mixtura de cereales y no tengo ninguna intención de levantarla. Lo máximo que he conseguido mover el depósito gigante cargado de alimento han sido dos centímetros en dirección a la pared gracias a un presto puntapié propinado en la parte inferior, con el resultado de un chasquido en mi tobillo y una aguda puñalada de dolor. La caja está alineada con una de las paredes del garaje. Encima de la caja hay un pedazo de cartón al que he dado forma de embudo con ayuda de unas grapas y cinta aislante. Es un artilugio de utilidad aceptable y rudimentario al máximo. Percy mira el embudo con una especie de veneración.

Con la comida para gallinas del depósito del garaje lleno tres recipientes que el resto del tiempo se quedan en el propio gallinero. Me he tomado la molestia consi-

derable de eliminar cualquier vestigio de jabón de los
recipientes —que anteriormente fueron envases de detergente líquido para lavadora, de lo que dan fe las etiquetas descoloridas— antes de llenarlos de pienso granulado y mixtura de cereales con ayuda del embudo. Cuando
un envase de detergente está a punto de acabarse, echo
un poco de agua en la botella y la agito. Uso la mezcla
diluida en la misma medida que el equivalente en su
concentración máxima, prolongando así la vida del
detergente considerablemente. Nunca he observado
cambios en la limpieza de nuestra ropa cuando uso el
detergente rebajado con agua. Todo apunta a que nuestra ropa limpia, las otras veces, está demasiado limpia.

En el Farm and Fleet de la autopista 62 tengo por costumbre comprar dos sacos de veinte kilos de pienso com-
puesto y dos sacos de veinte kilos de mixtura de cereales.
Todas las veces anteriores he ido en fin de semana. Los
fines de semana la plantilla de dependientes del Farm
and Fleet se compone exclusivamente de chavales de
instituto. Los chavales se ofrecen a cargar los sacos, un
gesto que ejecutan sin vacilación ni esfuerzo. Mi petición
de pienso y grano en idéntica proporción nunca les ha
dado que pensar. Ese día, por ser laborable y por estar
la fornida juventud en clase, un hombre mayor con el
polo naranja de la empresa se ofreció a cargar los sacos.
—Necesito dos de pienso y dos de semillas —le dije.
La soltura con que las palabras se deslizaban por mi
lengua era todo un consuelo en aquella tierra ignota de
ronzales y forros polares. Antes de que tuviéramos gallinas, jamás hubiera imaginado que entraría en una gran

superficie con todo lo necesario para ser granjero (amén de una amplísima variedad de gominolas y frutos secos salados) para pedir pienso y semillas.

—¿Qué es, para gallinas? —preguntó el hombre.

Pues claro que es para gallinas, pensé. Yo no sabía nada más que lo que revelaban las etiquetas. Había gallinas impresas en la recia urdimbre de plástico del saco, donde también podrían haber salido gorriones, ratones y una ardilla erguida.

—Una dieta muy calórica para una gallina —comentó el hombre—. La mixtura de semillas es como los pastelillos industriales.

—No es para una gallina. Tenemos tres.

—Lo suyo es darles tres partes de pienso por una de grano. Cualquier otra proporción es un veneno para ellas.

Tenía razón, por supuesto. Nuestras gallinas solo se comían la porción de pastelillo de la dieta. El saludable pienso quedaba desperdigado por todo el gallinero y, si hubiera podido reponerlo en los sacos originales, seguramente los hubiera llenado hasta arriba o incluso hasta rebosar, pues seguramente el pienso se humedecía y adquiría más volumen que al principio. Le pedí al hombre que por favor me pusiera tantos sacos de pienso como cupieran. Los sacos no cabían en el carrito —los había amontonado formando una pila—, y cuando los cargó en el coche la puerta del maletero no cerraba. De camino a casa un saco ocupó el asiento del copiloto, con el cinturón puesto para silenciar la tecnología del coche.

Me estuve fijando por si observaba algún cambio en el aspecto o el comportamiento de las gallinas —plumaje más lustroso, patas más flexibles, el repentino descubrimiento de que podían volar—, pero las gallinas seguían igual y actuaban igual, y yo seguía pudiendo llenar los sacos hasta arriba con el pienso que se quedaba en el suelo.

Aunque no hay forma de saber por qué murió Gam Gam, no puedo pasar por alto los pastelillos, ni tampoco ver más allá. Partiendo de todas las recomendaciones bienintencionadas sobre cómo alimentar una gallina, ¿cómo había llegado yo a darles por sistema un cincuenta por ciento de pastelitos de crema? Había establecido una praxis basándome en una información errónea, pero ni siquiera recordaba de dónde había salido la idea. No había forma de impedir que cometiera el mismo error otra vez.

Ay, Gam Gam, yo no lo sabía. Nunca me siento tan pequeña como cuando me invade la duda, un sentimiento tan pero tan pequeño que resulta asombroso que sea capaz de invadir nada. Invadida por la duda, me encojo hasta casi no poder moverme, hasta casi no poder hacer nada salvo esperar y ver qué ocurre.

La casa del lago está llena de ventanas, de modo que con cada pasada a los cristales el suelo parecía menos limpio. Mi noción de progreso quedó patas arriba. Siempre me ha resultado un tanto inquietante depositar mi fe en el proceso, donde la promesa de resultados sustituye a la prueba de los mismos. Pero, efectivamente, la casa quedó limpia y, al hacerlo, las ventanas retomaron su función, difuminando la frontera entre dentro y fuera. Cuando mi labor hubo concluido y el fulgor de la luz en el salón principal viajaba en todas direcciones, la sensación de limpieza fue tan envolvente —abarcaba incluso el lago con su cegador manto de nieve— que transmitía casi pureza. Sentí la urgencia, poco habitual cuando trabajo, de compartir esa sensación, aunque era una sensación que probablemente no se podía compartir, pues mi propia mano había puesto en marcha aquel resplandor deslumbrante y lo que yo sentía era indisoluble de mi papel en ello. La mayoría de trabajos son así, me imagino, íntimamente gratificantes, y por tanto no se pueden compartir. Tuve mi primer empleo como limpiadora estando en la universidad y, aunque me atrajo por otros motivos, la sensación más pertinaz que me dejó aquel trabajo fue su soledad. Y por eso he vuelto a menudo a él.

La última semana de marzo solo ha habido un poco de nieve nueva, y la antigua empieza a menguar, formando colinas y valles a merced del viento invernal, depresiones que se derriten y crean pocillas cristalinas a mediodía, solo para congelarse categóricamente durante la noche. Cada tarde es un coro plácido —goteo constante de una sola gota, charco; hilito de agua en la alcantarilla, leve pero extático—, la lenta expansión del agua, por fin en movimiento, tras todo un invierno inmóvil.

La primavera llega antes cada año, señalada de forma fehaciente por el regreso de los petirrojos. Antes de tener gallinas nunca me había fijado en la llegada de los pájaros en primavera, pero ahora, como la viveza de los gusanos es algo que me atañe, observo el cielo en busca de los primeros borrones anaranjados. Parece que cada año haya más, más petirrojos este año que nunca antes. Obviamente, así funciona el mundo: cuantos más petirrojos buscas, más petirrojos ves. Brincan en la hierba parda y por encima de los últimos pegotes de tierra y nieve, picoteando lo que quiera que viva en la tierra, y luego se instalan en los árboles desolados y se ponen a trinar con alegría. La vida de un ave está llena de trinos y aventuras, mientras que la gallina nada sabe de unos ni de otras. Quizá por eso no suelo pensar en las gallinas como aves.

Justo cuando creo que he llegado a conocer a las gallinas tanto como cabe conocerlas, me sorprenden. Hoy, mientras las demás dormían, Señorita Hennepin County ha luchado contra el sueño. Nunca he visto a una gallina luchar contra el sueño, siempre he considerado que luchar contra el sueño es una forma de ambición, de modo que ahora debo modificar mi visión de las gallinas para incluir una forma de ambición en bruto. Yo había visto a las otras dos quedarse dormidas a su izquierda y a su derecha, tres peines rojos puestos en fila, con el crepé de sus párpados cerrado, cada cuerpo mecido por su propio flujo constante. En medio de la oscilante calma que la rodeaba, Señorita Hennepin County se negaba. Sus ojos empezaban a cerrarse y entonces se abrían con un movimiento tan repentino que la fuerza tiraba de su cabeza. El sobresalto la revivía, pero no por mucho tiempo, y de nuevo sus ojos empezaban a cerrarse, y así sucesivamente, una y otra vez. Pobre gallinita. Ojalá pudiera garantizarle protección.

En el patio donde cazcalean las gallinas no hay petirrojos. O la población de gusanos se ha reducido a cifras nefastas, o bien la ausencia de petirrojos responde a una forma primitiva de deferencia motivada por el porte regio de las gallinas: cabeza alta, pecho henchido, cresta en lo alto de la coronilla cual trofeo.

Tiniebla es la gran cazadora. No es la más rápida ni la más lista ni la más madrugadora, pero sí es la que mejor vista tiene. Los gusanos se mueven bajo la superficie o asoman sus cabezas vermiculares por encima de la tierra, como escurridizas antenas del inframundo. Esta mañana he visto a Tiniebla salir corriendo por la trampilla del gallinero y luego por la cancilla del corral hasta plantarse en el empedrado del pie de los escalones, delante de una rayita de tierra entre dos piedras, para arrancar una lombriz de un dedo de grosor, que ha estirado y tensado igual que una gomilla hasta que la criatura ha quedado colgando de su pico, entera y flácida. Centímetro a centímetro, el gusano ha desaparecido.

Me ha puesto triste el gusano, no porque haya sido devorado de una manera desmañada y traumática, medio machacado y haciéndose papilla en las entrañas rocosas de una gallina mientras la otra mitad colgaba aún en el aire —o supongo que en parte sí es por eso, por el parecido con una tortura de primera categoría—; más que nada me ha puesto triste estar triste por el gusano cuando la mayoría de las veces no me da ninguna pena. Al gusano medio no le dedico ni uno solo de mis pensamientos, aunque de tarde en tarde me encuentro alguno perdido en una acera y lo salvo cuando me lo dicta la conciencia. Hace un momento estaba y al siguiente ya no. Pobre gusanito.

Siempre me ha afectado cierta dimensión de los encuentros fortuitos que exponen un estado de cosas desesperado e ineludible: huevo moteado en una acera con su liquidillo derramado, altarcito en una señal de carretera, recuerdo triste que flamea como la cola de una cometa encallada.

Ayer, mientras caminaba por un tramo del bulevar cercano a nuestra casa, vi caer un calcetín de las bermudas del señor que iba por delante de mí. Es un hombre asiático que parece bastante viejo, debido, en parte, a la postura encorvada. El señor vive en una casa azul —azul eléctrico— con molduras del mismo color, lo que confiere a las ventanas una desnudez espeluznante. Todos los veranos lo veo trabajando en su jardín con un sombrero cónico. El jardín está marcado por palos entrecruzados lo bastante altos como para poder pasar por debajo con la cabeza gacha, y durante todo el año lo habita un andrajoso espantapájaros con un palo de escoba vieja como espina dorsal. Con la llegada de la primavera, el señor recubre el andamiaje de palos con unas láminas de plástico inmensas y empieza a trabajar el huerto mientras aún queda nieve en el suelo.

Las bermudas fueron toda una sorpresa en una fría mañana de abril. Desde cierta distancia le daban al señor un aire un poco temerario, y por tanto juvenil, de ahí que al principio no lo reconociera. Llevo años viendo a este hombre por mi calle, a menudo entre su casa y la mía; anda más lejos que yo en ambas direcciones y más despacio, lo que aumenta las probabilidades de que nuestros caminos se crucen cuando hago algún recado a pie. Cuando paso, me saluda con un asentimiento, aunque la cabeza sigue inclinada hacia el suelo. Al andar no levanta del todo los pies, y eso provoca un desgaste excesivo de las suelas de sus zapatos. Los zapatos están reforzados con cinta plateada en suelas y laterales.

Caminaba, pues, unos pocos metros por delante de mí cuando el calcetín cayó de las bermudas con una lentitud asombrosa. La fricción de sus movimientos —el arrastrar de pies, las bermudas movedizas, el viento contra su cuerpo— provocó que el calcetín cayera con la mayor morosidad, como si existiera un potente artilugio de ampliación del tiempo entre el calcetín en descenso y mi percepción. El calcetín, sin duda, había pasado el invierno amadrigado en ese par de bermudas, bien agarrado por la fuerza capaz de mantener dos objetos unidos. El anciano no registró la sensación del calcetín deslizándose pierna abajo, asomando primero el borde de la caña. Cuando la caña del calcetín se aproximó al par que vestía los pies del hombre, la anchura de las franjas y el tono amarillento del blanco confirmaron el emparejamiento.

Como estaba llamado a suceder, el calcetín cayó a la acera. Me agaché para recogerlo y enseguida deseé no haberlo hecho. Con el calcetín en la mano no acertaba a ejecutar los movimientos necesarios. No se me ocurrían las palabras oportunas para dirigirme a él, ni los gestos oportunos para acompañar las palabras. Solo podía pensar en su apuro y en mi apuro correspondiente y en el insoslayable momento en el que juntos observaríamos sus pies, inmóviles, dentro de los zapatos desastrados.

Durante las sesiones de limpieza he encontrado infinidad de veces un calcetín, o un pendiente, o cualquier otro objeto sin pareja, desprovisto de valor a consecuencia de la pérdida de su compañero. Aunque desde un punto de vista práctico el objeto no ha perdido su utilidad y bien podría emparejarse con cualquier otro ejemplar de su especie, transmite una sensación de imperfección que no se puede deshacer. Aborrezco ser custodia de estos objetos, ni perdidos ni encontrados, ni rotos ni reparados.

Yo limpio de izquierda a derecha y de arriba abajo porque izquierda-derecha es el orden del mundo occidental. Sin un orden se pasan detalles por alto. Los japoneses limpian de derecha a izquierda, un orden idéntico y opuesto. No tiene nada de malo abordar los resultados desde direcciones diversas. La limpieza no me entusiasma, pero tiene momentos de gran alivio semejantes al júbilo: el brillo de un espejo restaurado, el pelo rehabilitado de una alfombra, la revelación de un suelo blanco. Restaurar, rehabilitar, revelar. Pensamos en la limpieza como un regreso al orden cuando en realidad se trata de un orden nuevo y pasajero. Cuando dejan de observarse resultados en la limpieza es el momento de parar.

Todos los elementos del gallinero fueron antes otra cosa. El propio gallinero es una caseta de jardín vieja, el corral descubierto está hecho con tres palés de madera que anidaban entre las vigas del garaje, el comedero son dos trozos de contrachapado descartados y unidos a otro tablón desechado de cinco por diez y coronados por un tirador de cerámica sobrante de las alacenas de la cocina. Los ponederos son una casa de muñecas antigua que perteneció a la exnovia de Percy.

Todo lo que sé sobre la exnovia de Percy cabría en una copa de helado. En el congelador dejó una tarrina de dos litros de sorbete de naranja, de la que había tomado una única cucharada. Cuando pasó un año y el sorbete seguía en la misma posición que cuando yo llegué, con el desglose de la información nutricional hacia fuera, abrí el envase de cartón reblandecido por el tiempo. Bajo la tapa crecía una gruesa colonia de cristales rutilantes. La exposición al aire frío había transformado el sorbete, que se había tornado en algo completamente distinto, hecho de goma y sirope y colorante anaranjado. Duran-te todo el día, el terrón fluorescente en el fregadero fue avanzando lentamente hacia el desagüe. Al llegar, lo taponó más eficazmente que el tapón.

Más o menos en aquel entonces, al año de mudarme, encontré la casa de muñecas en el disparatado maremágnum del garaje. Nada más hacer el descubrimiento, llamé a Helen.

—¿Tú qué harías si descubrieras una casa de muñecas en el garaje de tu novio?

—¿Es tu caso? —preguntó Helen.

—¿Qué harías?

—¿Es muy grande?

—Unos dos metros cuadrados.

—¿Me estás preguntando si la quiero?

—No. Te estoy preguntando qué significa.

—¿Por qué no le preguntas a Percy?

—No puedo preguntarle qué significa sin antes saber qué significa.

Helen no contestó.

—Claramente, su última novia quería tener hijos y dejó allí la casa de muñecas como símbolo de la destrucción de su relación.

—O igual se le olvidó.

Fui directa al sofá para sacar a Percy de sus ocupaciones.

—¿Una casa de muñecas? —dijo—. Tírala, a menos que te la quieras quedar.

—Pensaba que me habías dicho que no quería tener hijos.

Eso me había dicho él, que no quiso tener un hijo con ella porque ella le había dicho que no quería tener hijos.

Pero de pronto había una casa de muñecas plantada delante de sus narices, imposible de obviar salvo en caso de ceguera. Su postura hacia los hijos era no querer lo que su novia no quisiera o, mejor dicho, no querer lo que ella asegurara no querer, aunque los dos se equivocaran. Yo no quería vivir con un hombre incapaz de pensar por sí mismo, y por lo tanto él no quería que yo viviera con él.

—O podrías dejarla en el garaje —dijo.

Esa noche me quedé levantada hasta las tantas reorganizando todos los armaritos de la cocina. A la mañana siguiente, Percy sacó el azúcar de su nuevo lugar en el estante y constató la perfecta alineación sin mediar palabra.

—Yo quiero tener hijos —dije.

—Pues tengámoslos.

Esta mañana, un señor de pelo blanco que vive dos puertas más abajo ha llamado a la puerta con un sobre rígido en la mano.

—No sé si se acuerda de mí —ha dicho—. Vivo donde el rosal trepador rojo, dos casas más abajo.

—Claro, claro —he contestado. Lo habría reconocido en cualquier parte debido a su halo de pelo, cuidadosamente cepillado hacia abajo, y a su inalterable postura, espalda arqueada, manos extendidas con las palmas hacia fuera como si pretendiera agarrar un matojo muy crecido.

—Con mucho gusto aportaré cinco dólares si hay una manera de callar a las gallinas.

¿Qué pretendía exactamente?

—Parece que tienen hambre —añadió.

Las gallinas no tienen hambre, no han pasado hambre ni un solo día de sus vidas, puede que ni siquiera un minuto. El ruido que hacían mientras aquel hombre estaba en el umbral de nuestra casa se debía a otro motivo, o, tal y como yo sospechaba, a ninguno. No hay manera de impedir que un ave cante, de lo que se desprende que no hay manera de impedir que una gallina suene como suenan las gallinas.

—Iré a echarles un ojo —dije—. Gracias por venir.

—Es un placer salir y disfrutar de la luz del sol —respondió, aunque se fue directo a casa, donde seguramente llevaba esperando semanas o incluso meses, con el sobre preparado, a que se disolviera la última amenaza en forma de hielo.

Aparte del ruido de las gallinas, la mañana estuvo repleta de trinos y gorjeos y de un zumbido lejano y mecánico que lo mismo podrían haber sido las cigarras que emergen tras sus diecisiete años bajo la tierra o un tren cargado de crudo a lo lejos. Percy se había echado al monte, es decir, había cogido el autobús a la ciudad sin rumbo fijo. Yo abrí de par en par la cancilla del corral, de la que salió disparada Tiniebla, con un zureo que a oídos del resto del mundo sonaba a pregunta acuciante. Se fue directa a las hostas para picotear, arrojando montones de mantillo a la sufrida hierba. No me paré a pensar en las dos gallinas ausentes, aunque de haberlo hecho tal vez habría concluido, con cierto grado de entusiasmo, que estaban poniendo huevos, como hacen las gallinitas buenas, y habría aguardado la fanfarria de su autorreconocimiento. Me senté en el borde del huerto, libro en mano, para disuadir a las gallinas de sembrar el caos entre lo que apenas empezaba a brotar.

Levanté la vista para vigilar el patio, no tanto leyendo como paladeando el peso del libro y la fresca sombra que arrojaba sobre mis piernas. Nuestro pequeño patio contiene una vida entera de diversiones para las gallinas y representa la cúspide de su existencia. «El cielo de las gallinas», lo llamé durante años, aunque ahora ya no lo llamo así. Las gallinas vuelan lo justo y necesario para escapar salvando el tramo más bajo de la cerca, de aproximadamente un metro de alto, pero ellas no saben que pueden volar y por lo tanto no saben que pueden escapar, y tampoco lo anhelan.

Tiniebla se había adentrado entre las hostas, así lo revelaba el frufrú de su cuerpo contra las hojas grandes y el chasquido como de papel rasgado que se iba produciendo a su paso. Pero ¿dónde se habían metido las demás? A las gallinas les chifla pindonguear a su aire. Por eso pagamos tanto por los huevos de gallinas criadas en libertad, creyendo que han vivido como ellas mismas habrían elegido vivir, aunque el argumento se desmorona enseguida. De pronto sentí que algo malo pasaba en el gallinero.

Helen está convencida de que una sensación funesta atrae consecuencias funestas. Me ha hablado de esta creencia suya en varias ocasiones, pero hace ya tiempo que no la menciona, y creo que es posible que no vuelva a hacerlo. En cualquier caso, era evidente que mi repentina sensación de terror no constituía una explicación razonable para la escena que me encontré cuando entré en el gallinero. Los detalles del cuadro se habían puesto en movimiento mucho antes de que me asaltara la inquietud. Mi sensación funesta simplemente se correspondía con la verdad de la situación. Señorita Hennepin County yacía desmadejada, con la cabeza retorcida formando un ángulo de lo más improbable, como si debajo de aquella gallina sin vida hubiera otra gallina sin vida a la que perteneciera la cabeza. A mi alrededor, el barullo habitual continuaba: el solitario zumbido de una avispa, el murmullo seco de un ratón desapareciendo de mi vista, el pío-pío de un gorrión que se había colado por el vano de la puerta para investigar y, al no hallar amenaza alguna en aquel cúmulo de plumas color herrumbre, se había puesto a comer del pienso que cubría copiosamente el suelo.

Gloria, por su parte, o estaba traumatizada o también había sido atacada por lo mismo que se había ensañado con Señorita Hennepin County, solo que ella había corrido mejor suerte y había terminado en el ponedero del extremo derecho, que raras veces se usaba, con la cabeza hundida bajo las plumas erizadas. En esa postura precisa, las tortugas viven a veces más de cien años, pero las aves no la llevan nada bien. En un ave, la postura es sinónimo de derrota.

No había rastro del fenómeno que había dejado a su paso una muerte y un trauma en un espacio reducido del que Tiniebla había salido ilesa. El misterio alivió mi conmoción y mi tristeza. Mi primer pensamiento fue para el vecino anciano y su petición de silencio.

Me sorprendieron el peso y la rígida horizontalidad de su cuerpo. Llevándola en volandas era como si el dorso y las patas siguieran apoyados en el suelo. Solo la cabeza pendía conforme a la gravedad porque —no me cabía duda— le habían partido el cuello. Deposité su cadáver encima del contenedor verde lleno de paja y saqué el teléfono para llamar a Percy. Él dijo que era lógico que se hubiese partido el cuello si había muerto en el posadero y caído desde semejante altura en semejante ángulo —yo había apartado radicalmente de mi cabeza la imagen de la gallina con el pescuezo retorcido y ya sin vida— y que me sentara y procurase no pensar en nada, que él llegaría enseguida.

Cuando salí del gallinero con la gallina muerta en brazos, me encontré a Rita con sus tijeras, cortando las lilas que quedaban a su alcance desde el otro lado de la cerca del jardín de nuestros vecinos, del arbusto que antaño había sido de Cal y Lynn. «Qué día más bueno», dijo. Poco antes aquella afirmación había sido verdad, pero en un abrir y cerrar de ojos se había creado un abismo entre nosotras.

Me senté con la gallina, fuera de la vista de los vecinos, pero no era capaz de no pensar en nada. En vez de eso, pensé en que las gallinas están a salvo solo cuando las estrecho entre mis brazos, y a veces ni siquiera entonces. Y aunque a las gallinas no les termina de gustar que las cojan, no la sostuve en mi regazo, fría y amorfa como estaba, solo por mí, sino más bien por cierta idea que me hacía de lo que ella necesitaba de mí.

Gloria estuvo dos días sin salir del ponedero. No cloqueó ni cacareó, no bebió ni gota, y no hubo forma de que sacara la cabeza de su decidido acurrucamiento, ni siquiera tentándola con las lombrices más jugosas. Hasta que, el tercer día, tan veloz como se había cernido sobre nuestro hogar, la sombra se disipó. Mientras fregaba el suelo de la cocina, oí el característico timbre del graznido de Gloria anunciando su regreso *in excelsis*.

Tiniebla es ahora la capitana del animado pelotón, siempre ha sido la más escandalosa y ha incrementado su jaleo particular como para compensar sus inseguridades. Le falta el dedo izquierdo de la pata izquierda, así que está muy torcida, y ladea la cabeza hacia la derecha para evitar caerse del todo. Cuando los huevos más oscuros aparecen en el ponedero, el jaleo es casi insoportable. Los agudos lamentos perforan el aire de todo el vecindario y palpitan dentro de mí como si yo fuera personalmente responsable. Antes de firmar en la línea de puntos de la solicitud de permiso para criar gallinas —permiso que exigía la firma de todos los vecinos de una manzana a la redonda—, la totalidad de los vecinos preguntó, con el bolígrafo en el aire: «¿Tendréis gallo?». No es que les preocupara la fornicación avícola en nuestra propiedad, aunque me puedo figurar que este aspecto de la cría de gallinas puede resultar perturbador a ratos. Primero, por la mera frecuencia de la monta, pero también por la poligamia, el incesto y las espuelas del macho, que emplea para la monta y que en ocasiones, en los momentos de mayor entusiasmo, pueden causarle la muerte a la pobre hembra. Aparte de todo esto, los vecinos solo querían saber si las gallinas armarían jaleo. Yo respondía: «No, no tendremos gallo». Como prueba, señalaba la línea del permiso que prohibía expresamente que tuviéramos un gallo en la propiedad. Pero nada sabía yo del barullo que arman las hembras, que resulta ser considerable, y de las dos que nos quedan, Tiniebla es la más bocazas con diferencia. También es la que tiene la boca más grande. Picotea el suelo hasta diez veces antes de levantar la cabeza para tragar. Mientras tanto, Gloria sube y baja, sube y baja, y a lo sumo da tres picotazos antes de ingurgitar los bocados que haya logrado desenterrar. He descartado la idea de que nuestro vecino sea el culpable, pero, si lo es, ha liquidado a la gallina equivocada.

Es más que probable que las gallinas no comprendan su estatus en el mundo, pero tal vez perciban algo que no pueden saber: que el mundo está infestado de ellas. Hay diecinueve mil millones de gallinas en el mundo. La cifra no es exacta, dado su aumento sostenido. Salen polluelos de huevos a un ritmo imposible de calcular. Determinar la población real de pollos y gallinas en el planeta requeriría tal pausa colectiva en nuestro masticar que bien podríamos orquestar también un minuto de silencio a escala mundial. De algún modo, a pesar del mordisqueo constante de carne blanca, hay también una cantidad incalculable de huevos. Dada la aceleración de pollos saliendo del cascarón y de huevos engullidos, pronto no nos quedará nada para alimentar a las gallinas salvo los huevos que ellas mismas acaban de poner.

Nunca he sido atacada por una gallina en el momento de recoger un huevo de su nido. Rara vez recojo un huevo mientras la gallina está sentada sobre él, y en esos casos siempre lo hago con el recogedor a modo de leal escudo. En varias ocasiones Gloria ha intentado atacar, estando clueca, pero las demás veces las gallinas renuncian a sus huevos sin mirar atrás. No existe explicación para la indiferencia con que una gallina abandona un huevo resplandeciente en un redondel de heno convertido en círculo perfecto por sus propios pies retorcidos, salvo que de alguna manera las propias gallinas hayan percibido la pujanza de sus índices de población. Poco importa que existan en tan abundante multitud con el solo fin de ser despachadas lo más rápido posible. Siempre he considerado que en una gallina no hay capacidad para la esperanza, pero tal vez solo necesite un motivo.

Percy ha recibido una carta de la prestigiosa universidad. La carta anuncia que pronto recibirá otra carta con los pormenores de la decisión. Hemos estado esperando una decisión, y ahora hemos recibido una carta que confirma nuestra espera. La carta no dice nada, pero lo hace en un papel carísimo. Cuando lo pones contra la luz, aparece una prueba de la universidad y su prestigio. Percy sostiene que una carta que no dice nada significa algo. Yo creo que esto solo puede ser verdad si la carta contiene una posdata, en cuyo caso la posdata lo dice todo. P. D.: Esta carta no contiene nada de eso. Percy confía en que el retraso de la noticia sea la mejor noticia posible. Si es verdad que una oferta es inminente, la espera adicional sugiere que unos círculos concéntricos se están expandiendo para consolidar recursos a nuestro favor. Como norma, mi marido crea certeza donde no la hay.

Johnson sonrió al ver a las gallinas. «Se alegra mucho de verte», dijo Helen. Johnson no me hacía ni caso. Perseguía a la gallina negra y era perseguido por la plateada. La mujer que cuida de Johnson por las mañanas ha amanecido con amigdalitis por tercera vez en lo que va de año y yo he accedido a cuidar a Johnson en su lugar. En los dos meses que han pasado desde que lo vi por última vez ha aprendido a andar, y me doy cuenta de que esto es fuente de una inmensa satisfacción. Quizá su orgullo naciera con motivo del gran acontecimiento que supone comenzar a andar. «Me da igual lo que haga, pero que no se quite el gorro», dijo Helen.

Johnson y yo nos complementamos como pareja: mis zancadas son más largas, pero él da muchas más. Estuvimos así una hora, yo pisándole los talones mientras él perseguía caprichos y aves. Quería abrazar una gallina y posiblemente formulaba su deseo en voz alta. Los ruidos de Johnson intrigan a las gallinas, poseen un carácter de graznido similar y sin duda engloban los mismos instintos básicos, lo que mueve a las gallinas a responder en consonancia. La conversación entre ellos parece de suma importancia y también de lo más civilizada, entre la cortés distancia que mantienen en todo momento (a pesar de los avances de Johnson), las cabezas ladeadas a guisa de escucha atenta y, dado que las gallinas están en disposición de mirar directamente a los ojos de Johnson, la apariencia de máximo respeto.

Cada sonido que emite una gallina tiene un significado. Nadie sabe si los sonidos contienen información, como nuestras palabras, o si los sonidos de una gallina provocan algún tipo de acción en el mundo. Si a primera vista ambas cosas parecen lo mismo, piensa en un grito. Un grito provoca acción sin información específica. La especificidad se revela irrelevante. Independientemente de lo que pretenda conseguir, un grito concita atención. Lo mismo ocurre con el grito de una gallina, molesto y creciente. Cabe suponer que algún tipo de grito actuó como precursor de todo lenguaje humano, del mismo modo que todas las lenguas humanas conocidas recurren a sonidos agudos y delicados para reconfortar a un bebé. Una gallina también usa esos sonidos agudos y delicados para reconfortar a sus crías, pero dado que las vidas de las gallinas han evolucionado hacia una separación entre hembras y polluelos, cada vez más gallinas se quedan sin aprender este lenguaje, y jamás lo han oído ni utilizado. Tarde o temprano el maternés de las gallinas dejará de existir, dejando al mundo igual que estaba.

Si bien no existe consenso acerca de las gallinas y las palabras, existe consenso a la hora de afirmar que las gallinas hablan exclusivamente del aquí y el ahora. Una gallina no habla de la víspera. Una gallina no habla del día de mañana. Una gallina habla del momento presente. Lo veo. Lo percibo. No hay nada más.

Por lo tanto, es razonable conjeturar que los sonidos de una gallina son limitados, dado que el aquí y el ahora reducen mucho lo que una gallina tiene que decir. Los sonidos no representan erróneamente, son como un dedo que señala una y otra vez. Las palabras no han hecho más que complicar las cosas. Mientras veía a Johnson pisotear las hostas, tocarlo todo y parlotear alternativamente, pensé que las gallinas y él podían entenderse a la perfección.

Al final, Johnson se cansó de las gallinas o se cansó a secas. Se puso a llorar. Yo necesitaba una palabra que él conociera y que fuera de su agrado. «Siesta», dije, y el llanto se transformó en alarido. Lo ceñí con un brazo contra el cuadril como había aprendido a hacer, pero el niño empezó a patalear y, de todos modos, ya era demasiado largo para agarrarlo así sin dificultad. Lo puse en el suelo y el pataleo no se transformó en una carrera, como hubiera esperado, sino en un violento ataque a la hierba, que parecía bastante agotador y debió de serlo, tras el cual se revolcó tres veces para llegar a la tierra removida donde se bañaban las gallinas. «Helado», dije.

Recogía el labio superior emitiendo un gruñido de expectación a la vez que se comía el helado a bocados, igual que Helen recoge el labio superior antes de hablar. Siempre sé cuándo Helen está decidida a decir algo y ha dejado de escuchar. Cada vez que Percy y yo visitamos a su madre, descubro una similitud nueva entre ellos. No nueva, sino nunca antes vista, expuesta merced a una secuencia aleatoria de palabras o actos. Siempre me asombran estos encuentros fortuitos con el hecho de que ella es su madre: filosofía compartida acerca de la deuda tóxica, trapo puesto a secar en la puerta de la alacena, humor como sustitutivo de los sentimientos. Quiera o no la madre de Percy, la entiendo, e indudablemente estos dos sentimientos se fundirán en uno solo en un momento dado, mientras que Percy en cambio no la entiende pero la ama con la ferocidad ciega de la costumbre.

Todas las mañanas abro la cancilla del corral para que las gallinas campen a sus anchas. Las flores de la espirea han estallado en copetes blancos, pero las gallinas no les prestan ninguna atención, mientras en cambio un narciso tardío que floreció en el transcurso de una noche —blanco también, con la corona amarilla— sufre un pisoteo sistemático.

Las gallinas están gordas. Nunca antes me había parecido que nuestras gallinas estuvieran gordas, ni cuando el cartero lo insinuó hace años, ni en marzo cuando descubrí que había estado alimentándolas de pastelillos en un cincuenta por ciento. Llevaba semanas sin pensar en los pastelillos y ahora que lo hago me sorprende encontrar la sensación de traición tan a mi alcance.

No conduje dieciséis kilómetros hasta el Farm and Fleet de la autopista 62 para comprar pienso. Como las gallinas están gordas, conduje treinta y dos kilómetros en la otra dirección para comprarles pienso ecológico en una tiendecita de St. Paul llamada «El huevo y yo».

El dueño tiene unas facciones delicadas y manos alargadas. Espero que esto tenga algo que ver con su propensión a la alimentación ecológica. El hombre me preguntó por las gallinas y sus costumbres y mis preocupaciones al respecto. No le sorprendió nada de lo que le dije porque, según me explicó, las gallinas de hoy en día se ponen el doble de grandes en la mitad de tiempo.

—¿Quiere el pienso de tamaño estándar o el más grueso? —preguntó.

—¿Hay alguna diferencia?

—El grueso levanta menos polvo y es más fácil de limpiar.

—Pues me llevo ese.

—A lo mejor no se lo comen. A la mayoría de las gallinas les cuesta tragarse el pienso grueso.

No tengo motivos para creer que nuestras gallinas tienen la boca más grande o el esófago más ancho o que encarnan en general una excepción con respecto a las demás gallinas.

—Entonces el fino —dije.

—Yo recomiendo el fino.

Un cartel pegado con celo a un tanque de cristal rezaba POR LA COMPRA DE PIENSO, UN POLLITO DE REGALO. La delicada pelusilla de los cuerpos plumosos de los polluelos se movía como una única nube anaranjada bajo el calor de la luz roja. Yo no quería un pollito de regalo ni me lo podía permitir, aunque me habría gustado coger uno y acunar el diminuto milagro de su corazón contra mi jersey fino.

Una mujer esperaba en caja mientras su hijito se vaciaba los bolsillos de calderilla. Quería un polluelo y la promoción daba en cambio la opción de comprar una bolsa pequeña de pienso. Los niños ignoran que comprar un polluelo es solo el principio. Los padres, si es que se lo plantean siquiera, infravaloran la magnitud del gesto, sobre todo si nunca han tenido animales a su cargo o tienen deudas, más aún si proceden de un largo linaje de circunstancias parecidas.

Detrás del mostrador de la caja, el dueño separó los labios, preparándose para aceptar cualquier exigua cantidad de calderilla que le pusieran por delante. El niño fabricó cuatro columnas de monedas y la madre vio una oportunidad para instruir o aprender o distraerse del hecho de que estaba a punto de convertirse en dueña de otra vida, por pequeña que fuera, de modo que dictó una breve clase magistral sobre monedas de veinticinco y de diez, nada de lo cual me molestó. Incluso me hacía un poco feliz la excitación del chiquillo. La madre era muy buena maestra. Tuve la sensación de que yo también estaba aprendiendo algo, aunque no habría sabido decir el qué, mientras el niño mezclaba monedas encima del mostrador igual que en un truco de magia. El chico saldría de allí con un pollo y, a tenor de sus asentimientos solemnes, parecía ser consciente de ello.

El niño se fue con su polluelo, el más chiquito de la nidada, metido en una caja forrada con el lecho más apropiado para las crías, junto con la bolsa más pequeña del pienso más pequeño, un frasco de gotas y un paquete de toallitas para el trasero del pollito, pues había escogido uno con diarrea, aunque su madre le había insistido en que eligiera otro. El niño pagó cuatro dólares con setenta y dos centavos por el pollito de regalo y sus paramentos, y la madre pagó treinta dólares más. «Tres gotas al día disueltas en agua fresca», recordó el hombre, posando una mano grave en el hombro del chico en el momento en que lo acompañó hasta la puerta.

—Yo nunca les he puesto gotas en el agua —le dije al hombre.

—Casi todo el mundo usa vinagre. Es lo que recomiendo yo.

—Yo nunca les he echado nada en el agua.

—Deben de ser muy robustas sus gallinas.

El hombre marcó tres sacos de pienso ecológico de molido estándar por un total de noventa y nueve dólares con algo.

Dejé la montaña de pienso ecológico en el maletero y fui directa al gallinero. En la cocina, fregué el bebedero por dentro y por fuera. Cuando terminé de restregarlo, el estropajo presentaba una mancha verde brillante. Saqué la garrafa de vinagre blanco de debajo del fregadero y llené el bebedero con agua adulterada. Mientras tanto, las gallinas seguían a su aire. Tiniebla rebuscaba algo entre las púas bajas de las hostas más jóvenes. Gloria se bañaba en un trozo de tierra que había despejado de debajo de un felpudo de hojas del año anterior negro y raído. El enmarañado cúmulo se alzaba a su lado como una gallina de lamentable factura. En plena actividad cotidiana, las gallinas no parecían nada gordas.

Tres sacos de pienso pueden llegar a durar dos meses. Depende de cuánto se desperdicie; cuento con que mucho. La primavera pasada, las gallinas dejaron de poner y no hubo ni un solo huevo en dos meses. Al principio de la mala racha, las gallinas estaban pelechando. Plumas de todas las formas y colores alfombraban el gallinero: orgullosas plumas de contorno rojizas, delicadas semiplumas grises, mechones blancos de plumón, vibrisas tiesas con un toque anaranjado, y alguna que otra pluma de barba negra con destellos verdosos. Por todo el patio flotaban plumas, muchas veces a merced de una brisa tan leve que solo una plumita costeando el suelo la confirmaba. Después de que el pelecho siguiera su curso, después de que las plumas fueran barridas y amontonadas en pilas temblorosas y posteriormente añadidas al compost, después de que el viento se llevara lo que se le antojó, las gallinas siguieron sin poner. Comían y bebían y seguían con su vida como de costumbre mientras su calcio y sus proteínas se amalgamaban en algún lugar etéreo. La mala racha se prolongaba más y más, como una lucha de voluntades entre ellas, aunque salvo en este caso yo nunca he considerado que las gallinas tengan voluntad o la manifiesten de alguna manera. Nosotros comprábamos huevos de calidad inferior por docenas: sin peso, sin carácter, yemas parduzcas, claras aguadas, cáscaras enclenques, sin sabor, aunque el sabor al que yo me refiero no es exactamente a huevo. Hasta que un día, por fin, Gloria puso un huevo en el caminillo de cemento que conducía a la casa, algo que nunca antes había ocurrido y que nunca más ha vuelto a suceder. El huevo apareció encima del hormigón entero, frágil y un poco más brillante de lo acostumbrado bajo la calidez del sol. Las gallinas formaron un corro alrededor de él, graznando con pasmada fiereza. Desde entonces siguieron poniendo con regularidad, pero mucho menos que antes. Si esta primavera se parece en algo a la anterior, cada huevo valdrá su peso en oro.

El tren nocturno pasó retumbando mientras yo pensaba en el niño y su polluelo condenado al fracaso. ¿Le daría suficiente alimento? ¿Le daría demasiado alimento? ¿Le daría esas gominolas que parecen lombrices y se comportan más o menos como tales? ¿Sabría qué hacer la madre? ¿No lo sabría pero aprendería? ¿Lo instruiría con sus gestos cautivadores? ¿Comprobaría si el niño lo estaba haciendo bien o lo dejaría tranquilo? ¿Acomodaría al polluelo en esa tronera negra del cerebro donde mueren tòdas las cosas? Cuando yo era joven, fingía hacer todo lo que me mandaban, pero no hacía nada. No me cepillaba los dientes; me los frotaba con la manga de la camisa. No hacía los deberes; colocaba pegatinas en pulcras filas en la cara interior de la puerta de mi ropero. ¿Leería el niño la etiqueta del frasco cuentagotas? ¿Sabría leer? ¿Querría al polluelo? ¿Dormiría con él en su cama asfixiante?

El pienso de postín desaparece en una nube que él mismo crea. El pienso ecológico levanta más polvo que su homólogo; tanto favorece la digestión que empieza a metabolizar en el aire, flotando a su antojo durante minutos antes de asentarse en cualquier plano horizontal. En cuestión de cinco días, el gallinero quedó amortajado por una densa guata de proteína en polvo y vitamina B. La cerca de delgado alambre de las gallinas lucía un fino sedimento de polvo en todas las bases de los hexágonos que la conforman.

El sonido del pienso nuevo, un redoble de grano sobre chapa, es un sonido diferente, un tono más grave debido al mayor volumen de cada gránulo. A pesar de que es un pienso tamaño estándar para gallinas estándar, no estoy segura de que las gallinas sean capaces de tragárselo. Las gallinas aparecen atraídas por el tintineo metálico de la nueva remesa de comida, pero se limitan a empujar el pienso del comedero al suelo, donde las densas bolitas prestan adherencia entre la paja, la suciedad, las plumas y los excrementos, y con el tiempo las agujas de unas patas puntiagudas entretejen todos los elemen-

tos para crear una moqueta de altísimo valor nutricional.

Cuando descubrí que las gallinas no tienen dientes me
di cuenta de que lo había sabido desde siempre. Soy
capaz de representarme con todo lujo de detalles la dentadura de un gato, la de un perro o la de un caballo.
Incluso recuerdo un diente que vi una vez ensartado en
un cordelillo alrededor del cuello de la pequeña Katherine, quien aseguraba que era un diente de vaca, y dado
que se trataba de un diente grande, tan grande que daba
miedo, y que presentaba manchas de color verde hierba,
la creí. Sin embargo, la dentadura de una gallina no
consigo imaginarla. Qué pensamiento tan aterrador, el
de ese pico tan activo lleno de piños.

A falta de dientes, las gallinas mastican el alimento en
un estómago especial lleno de piedras. Un gránulo de
alimento debe viajar del pico al gaznate y de ahí al estómago a través de toda una serie de túneles angostos y
cavernas blandas sin ser masticado, razón por la cual
tragar un gránulo de mayor tamaño plantea problemas.
La gallina no nace con la tripa llena de piedras. Las
piedras las tiene que ingerir. Las piedras son una parte
no negociable de la dieta de una gallina. Yo les pongo
de comer piedras en un comedero aparte, más pequeño,
junto con su comida normal. Las piedras proceden de
una bolsa con cierre hermético adquirida en la sección
aves de corral del Farm and Fleet y en apariencia no se
diferencian en nada de las piedras naturales. Las piedras,
una vez ingeridas, se revuelven entre los jugos cáusticos
del estómago, donde el pienso ecológico, de haberlo,

sisea y burbujea, junto con escarabajos, lombrices y sobre todo mixtura de grano, transformándose el conjunto en una papilla agria. También las piedras se ablandan y quiebran, convirtiéndose en el engrudo acre que recorre como arena húmeda los tubos y conductos restantes de la gallina. Como las piedras del estómago no duran eternamente, una gallina melindrosa que evita piensos de ciertos tamaños continúa ingiriendo piedras. El mundo está lleno de misterios semejantes, significativos quizá, o quizá no.

Cabe esperar que el último libro de Percy goce de una acogida favorable en el mundo en general porque fragmento a fragmento ya ha sido así. El libro nuevo se ocupa, entre otras banalidades, de su perspectiva sobre el «no hay almuerzo gratis». Percy aboga por dormir y hacer un desayuno tardío, lo que elimina la necesidad de almorzar. Defiende a capa y espada la eliminación de la necesidad de almorzar. Una prueba más de que su forma de ver la vida refrenda las modas a escala mundial. El almuerzo está pasado de moda, o, mejor dicho, el desayuno es el nuevo almuerzo.

Muchos profesores usan los libros de Percy en sus clases. Esto garantiza ventas, pero disuade al público lector. Aparte de las ventas académicas aseguradas, los expertos vaticinan que, conforme a unos ciclos preestablecidos y representados gráficamente a lo largo de la historia, ha llegado el momento de que otro libro aburrido se haga popular. El éxito de los libros anteriores de Percy sirve como prueba de una trayectoria ascendente. Solo en el último mes se han puesto en contacto con Percy una universidad (no prestigiosa), dos congresos, un foro y una revista femenina. Está soportando bien el escrutinio, aunque se ha apuntado a un cursillo online para sacar su barítono interior.

La segunda carta llegó dos semanas después de la primera. A Percy le han ofrecido el puesto de profesor asociado con posibilidad de titularidad, y el decano de la Facultad de Ciencias Económicas está entusiasmado por demostrar su entusiasmo. La carta invitaba a Percy a ir de visita lo antes posible. Él se puso en marcha a la mañana siguiente, con la moral bien alta. No solo porque la carta se deshacía en elogios, sino porque él mismo había vaticinado la oferta, lo que venía a sugerir que, hasta la fecha, su criterio se alinea con los mecanismos del mundo. Su instinto le dictó que cogiera un vuelo a la mañana siguiente para reafirmar su buena reputación y traer de vuelta una cesta de quesos.

La investigación de Percy no requiere aislamiento; todo lo contrario, consiste principalmente en vivir la vida como él desea vivirla. Poco después de que nos casáramos, Helen me preguntó si no me inquietaba la posibilidad de que Percy se hubiera casado conmigo como una suerte de experimento personal. A mí no se me había pasado siquiera por la cabeza, pero desde luego es una manera de considerar nuestra relación y no del todo descaminada. Yo me casé con él por el mismo motivo, si nos ponemos reduccionistas. Quería comprobar si mi impresión de Percy, de la persona que es, era más o menos correcta desde el principio. Esperaba que mi vida fuese a mejor con él en ella, pero solo el tiempo lo diría.

Si Percy se hubiera casado conmigo para escribir un tratado sobre el matrimonio, lo habría escrito ya. En ocasiones, no obstante, sí me cuestiono mi papel en su vida y la probabilidad de agotarlo. En el momento en que me convierta en un sujeto irrelevante para él, o viceversa, ¿se irá todo al garete?

Fue Percy quien informó a Helen de que el bebé había muerto porque yo no era capaz de pronunciar esas palabras ni podía soportar oírlas de nuevo. Percy asumió la tarea con diligencia, sin amilanarse ni preguntar cómo proceder. No sé qué le contó a Helen, si habló de mí o de nosotros, o si enunció alguna teoría, pues siempre guarda una debajo de la manga. Solo meses después quise conocer su versión de los hechos. Las palabras que había escogido y su actitud parecían ofrecer una visión específica de él que hasta entonces se me había escapado. A esas alturas ya era demasiado tarde para preguntar.

La siguiente vez que vi a Helen, en la puerta de nuestra casa, con un ramo de flores en la mano, me dio un abrazo y dijo: «Lo siento muchísimo». Fue lo único que dijo mi querida Helen, que tanto peca de parlanchina. Llevó las flores a la cocina, les quitó el envoltorio de plástico y dejó el imponente arreglo en un vaso de agua, sobre la encimera.

El bebé tendría que haber nacido el último día de septiembre, y aunque esas fechas no son una ciencia exacta, aún pienso en ese día como el día en el que mi hija no nació. El verano de aquel año arrancó lluvioso y luego no cayó ni una gota durante semanas, de modo que, a finales de septiembre, los árboles desplegaban un colorido más allá de lo imaginable. Mis pensamientos se articulaban en torno al principio central de que el nacimiento del bebé tendría que haber ocurrido y el aborto no, el aborto era la aberración inexplicable. Conforme a esto, los hermosos colores del otoño estaban ahí para nosotras.

El último día de septiembre llegó y se fue como cualquier otro, pero al principio, aún de madrugada, se me ocurrió una idea. Salí de la cama sin hacer ruido y bajé las escaleras. Yo había visto que los cuadernos de Percy estaban datados igual que un diario, y de pronto sentí la necesidad de saber si entre sus notas había alguna alusión a la importancia de ese día. Encontré el cuaderno donde esperaba que estuviera, abierto por la página vacía correspondiente al 1 de octubre. Faltaba la página anterior. Si había escrito algo en la fecha en que yo salía de cuentas, ya no estaba. Nada de lo que Percy hubiera podido escribir me habría dolido más que saber que había arrancado esa hoja con tanto esmero como para no dejar ni rastro de ella. De vuelta en la cama, toqué sus labios con mi dedo, con la esperanza de despertarlo, pero él siguió durmiendo.

A lo largo de toda esa mañana me cuidó como de costumbre: sirvió mi café antes que el suyo; recogió mi plato de la mesa y depositó en él una migaja que había en el borde; levantó la vista de su trabajo para mirarme y sonrió... acciones repentinamente cautivadoras por el mero hecho de que presté atención a todas y cada una de ellas.

Varios meses después de la noticia de mi aborto, Helen me llamó para proponerme un regalo. Le habían hablado de una médium que hacía visitas privadas a la colección permanente del Minneapolis Institute of Art. Una amiga de la inmobiliaria se había apuntado a una para derrotar la infertilidad, y Helen quería costearme la primera sesión. A medida que hablaba, se hacía evidente que Helen no había preparado su discurso, y la palabra «infertilidad», que podría haberse evitado con previsión suficiente, la pilló completamente desprevenida. A mí no me molestó porque, en aquel entonces, yo creía estar embarazada otra vez. Helen me aseguró que, aunque no depositara ninguna fe en la práctica, habría una intervención e interpretación de mi energía y por tanto resultados. «Y, como poco, será toda una experiencia», añadió.

Accedí a hacer la sesión porque no fui capaz de expresar la magnitud de mi escepticismo sin ofender a Helen, y también porque disponía de todo el tiempo del mundo. Había dejado de limpiar casas poco después de perder al bebé, con la repentina convicción de que la acción de limpiar —los productos o el vigor— me estaba impidiendo ser madre. La primera cita disponible con la marchante de arte mística era al cabo de cinco semanas. Helen declaró que el retraso auguraba buena suerte, porque la médium estaba muy solicitada, lo que evidenciaba su solvencia, mientras que yo en cambio percibí que aquello solo acentuaba la futilidad del empeño. Si estaba de veras embarazada, esas cinco semanas marcarían el periodo en que se distinguiría el germen de ojos, pulmones y corazón. Cualquier ventaja que pudiera derivarse de la visita guiada con videncia, pese a mis dudas, no tendría ningún efecto sobre la formación del germen o de lo que brotara de él.

Cuando conocí a la marchante de arte mística, ya sabía que no estaba embarazada. La fiabilidad del 99,7 por ciento del test me llevó a estar más segura de no estar embarazada que de cualquier otra cosa en mi vida.

La médium estaba plantada como una estatua en el vestíbulo del museo. Tenía la espalda muy tiesa y los brazos extendidos, como si su único objetivo fuera sacar el máximo partido a los tejidos de sus muchas prendas moradas. Yo sabía que era ella porque percibía que ella sabía que yo era yo. La marchante de arte mística me cogió las manos con las suyas, confirmando así su identidad. Me puso delante de los ojos un pañuelo de terciopelo que llevaba al cuello y me lo anudó en el cogote. No me dijo cómo se llamaba porque, supongo, sabía que me era indiferente. El pañuelo olía a café, y me pareció que aquella mujer, una mujer misteriosa con una postura envidiable, debería haber olido a otra cosa, a algo

menos ordinario, y el hecho de que oliera a café normal
y corriente socavó mi fe en ella. Por un breve instante
me abrumó la desilusión. Hasta el momento de la desilusión no me había dado cuenta de que había depositado en ella fe alguna. Me había convencido de que que-
daría con ella por Helen, pero resultó que albergaba la
esperanza de que la mujer pudiera ayudarme.

Me guio paso a paso en el ascenso de diez amplios
escalones hasta llegar a un rellano de piedra pulida. Los
tacones de madera de mis zapatos golpeaban ruidosamente en el suelo de mármol. Sus zapatos, si es que llevaba, no emitían ningún sonido. No estaba segura de si
su mano seguía tocando mi codo; no percibía su presencia en ese punto. Una corriente de aire sugería que había
llegado a un gran espacio abierto, y me detuve de pura
preocupación por lo que me esperaba y no por un impulso espiritual, a no ser que la preocupación pueda consi-
derarse como tal. Imagino que lo que había aprendido
era que podía serlo. De pronto, tuve la certeza de que
estaba sola.

La médium me colocó delante de un cuadro de una
mujer que fumaba un cigarrillo. No era la primera vez
que veía ese cuadro. Percy y yo habíamos visitado el
museo antes de prometernos. En los meses previos al
compromiso flotaba la sensación de que el hechizo del
amor bajo el que nos encontrábamos era más frágil que
nunca. Esto sucede con todos los enamoramientos en los
meses previos al compromiso. Son los meses más frágiles
porque los sentimientos deben transformarse en proto-
colo. Firmar con tu nombre en la parte de abajo de tus
sentimientos presentes con la esperanza de que esos sentimientos perduren va en contra de cualquier experiencia

vital. Además, muchas relaciones no aguantan el arduo papeleo que entraña el matrimonio, ni deben.

En aquella primera visita, el cuadro de la fumadora me llamó mucho la atención. La fumadora está sentada con la espalda recta, el semblante plácido pero no exento de emoción. En el acto de fumar vislumbré una satisfacción superior a cualquier otra que yo hubiera experimentado, tanto la satisfacción que se derivaba del acto de fumar como la confianza en el mero acto. Si el cuadro es un retrato, y todo apunta a que sí, la mujer tuvo que fumarse una buena cantidad de cigarrillos a medida que el cuadro iba ejecutándose, siempre con suma confianza y satisfacción, o, como mínimo, con satisfacción y confianza en términos medios, y el término medio, que se aproxima a la verdad, había sido inmortalizado como tal.

Percy siguió avanzando y yo me detuve a escudriñar aquel cuadro, extrayendo todas estas conclusiones, que no cambiaron la primera impresión que el lienzo me había causado.

—¿Alguna vez has querido fumar? —le pregunté a Percy.

—¿Por qué lo preguntas?

—Por el cuadro de la mujer fumando.

—¿Qué mujer?

Lo conduje hasta el cuadro. Él no lo había visto, y eso que habíamos hecho el mismo recorrido.

—¿Por qué te planteas lo de fumar?

—Por el efecto que ejerce sobre ella.

—¿Te refieres a la adicción?

—A la satisfacción.

—¿Sabes cómo se llama eso?

—¿La satisfacción o la adicción?

—Cuando el alivio de algo es ese propio algo.

—No quiero saberlo.

Al lado de la fumadora había un cuadro de un velero. No se apreciaba línea de horizonte en el punto donde el agua se encontraba con el cielo. El azul grisáceo de las aguas se disolvía en el gris azulado del cielo, y en un punto de ese gris más azul había una delgada nube gris que lo confirmaba.

—Siempre he querido aprender a navegar —dijo Percy. Me pasó un brazo por encima y me apretó el hombro.

Al ver aquel cuadro por segunda vez, traída hasta ese punto preciso por las manos de la marchante de arte médium, la sorpresa no pudo ser mayor. Era evidente que el cuadro retrataba aflicción. O, mejor dicho, el cuadro captaba un caso muy específico de aflicción. Lo que antes había interpretado como confianza era en realidad desesperación; lo que había tomado por satisfacción era alivio. El cigarrillo no encarnaba un mero placer o una costumbre; la brasa anaranjada era la encarnación misma de la esperanza. Si el cuadro es un retrato, y yo creo que debe de serlo, la mujer que fuma debió de posar bastante tiempo presa de su tristeza.

«Sonaba como un tren de mercancías», rezaba el titular de *The North Star*. No hacía ni una hora que Percy se había ido cuando se produjo el tornado. Más tarde aseguró haber visto la masa tenebrosa de viento y lluvia, con la cola dando vueltas, en el momento en que su avión volaba hacia el oeste.

Yo había llevado a Percy al aeropuerto. Camino de casa, parada en el semáforo de Dowling, vi que la franja de luz entre los árboles y las nubes negras menguaba hasta transformarse en una línea finísima. A lo lejos, en el horizonte, un árbol de juguete flotó por los aires en dirección a Fridley. No esperé a que el semáforo cambiara a verde.

Con razón las gallinas estaban raras. Las había notado desesperadas por evitar que Percy se fuera, andando de acá para allá en paralelo a la malla del corral, cuando normalmente a las gallinas les traen sin cuidado las idas y venidas de Percy. Jamás se me habría pasado por la cabeza atribuir aquel comportamiento tan extraño a un suceso meteorológico a escala nacional. Tiniebla en concreto había arañado la cancilla en el momento en que nos metimos en el coche. La expresión trastornada de su mirada me había parecido tan normal.

Me senté debajo de la escalera, en el sótano, con Gloria arrellanada en el nido de mis piernas cruzadas, donde no se la veía particularmente a gusto. No pude evitar pensar que, si yo fuese una araña, también estaría allí. En el momento en que la liberé, Gloria se puso a explorar hasta el último centímetro del sótano, cosechando alegremente algo que no sé ni quiero saber qué era.

El viento soplaba armando cada vez más barullo hasta que todo mi cuerpo se puso a zumbar con su fuerza. No conseguía pensar en ello como un ruido, sino más bien como un silencio cargado de dolor dentro de mi cabeza. Un crujido brutal sacudió la casa entera. Las luces se apagaron y pensé en Tiniebla. Su pata había rozado mi mano cuando se puso a revolotear por todo el jardín, donde ahora deambularía a su aire bajo el arce moribundo, si es que la ventolera no la había clavado a la cerca, o, si contaba con una pizca de sensatez, estaría agazapada bajo los escalones del porche trasero, aunque he oído historias de clavos sacados de sus tablones y transportados a otra parte por la velocidad vertiginosa de estos vientos, he oído incluso historias de ramitas actuando del mismo modo, con el viento proporcionando mediante la velocidad la fuerza que a una ramita le falta en todos los demás aspectos. El arce apenas si aguanta un día normal y corriente, las ramas principales de un lado se han caído y por eso se inclina hacia el lado opuesto, sobre la casa, y a pesar de las excrecencias primaverales en el resto del ramaje sostiene una corona de hojas crujientes que suenan como un animal peligroso camuflado a cierta altura. Y ahora, esto.

Cuando el viento se detuvo de pronto, el único sonido que quedó fue el gemido familiar de la señal de advertencia emitida por el ayuntamiento en caso de tornado. Desde que los vecinos tienen memoria, el primer miércoles del mes se prueba el sistema, y nunca se había empleado para otro fin que el de las pruebas, de modo que esta vez, al oírlo, solo pensé que debía de ser el primer miércoles de mayo.

Resulta muy poco original comparar un tornado con un tren de mercancías, más aún cuando en nuestro vecindario contamos con la presencia continua de algún tren. No obstante, es una verdad consumada que ambos sonidos son el mismo sonido, uno natural, el otro no. Un tornado en nuestro vecindario encarna una amenaza extra precisamente por esta razón: el tenue rugido que advierte del desastre es también el rumor de la vida aquí. Cuando se desató la tormenta, la gente del barrio iba por la calle tan tranquila, concentrada en sus actividades habituales o en la ausencia de ellas. El tornado saltó como un resorte sobre el vecindario, lanzando al aire un confeti de gravilla y tocando tierra hasta en tres ocasiones: la primera junto a la escuela, donde dejó los jóvenes frutales pelados de sus flores; luego sobre el estanque de Webber Park, al que los patos aún no habían regresado; y por último encima de la cafetería de la esquina de la Cuarenta y dos con Lyndale, arrancando a tiras el mensaje de una valla publicitaria y permitiendo que el dueño de la cafetería siempre agonizante cerrara sus puertas

definitivamente, imagino que con un sonoro suspiro de
alivio.

Fue un milagro que nadie resultara herido, dada la
cantidad de árboles que se desplomaron en Webber
Park, el parque donde sucede todo, lo sórdido y lo
menos sórdido, y al que todo el mundo acude. Todos los
vecinos que estaban en el parque durante el minuto que
duró el temporal vieron los gigantescos árboles —robles
de setenta años o más— flotar desde el suelo y bailar una
tarantela por el cielo a capricho del viento. Los árboles
aterrizaron de costado y siguieron viviendo en horizontal hasta que el ayuntamiento acudió a trocearlos, redu-
cirlos a astillas y llevárselos en un remolque.

El arce no solo sobrevivió a la tormenta, sino que de pronto parecía más alto. La sombra moteada de sus hojas jóvenes se depositó en la hierba a sus pies, y aquella sombra contenía una mancha tenebrosa e inmóvil. Si no me hubiera concentrado tanto en el desplome del árbol, puede que nunca hubiera descubierto allí a Tiniebla, encaramada a una rama cimera, una silueta plana contra el nuevo cielo azul. Supongo que la misma ventolera que la había elevado bien podría haberla hecho descender, solo que el viento se había extinguido antes.

La gallina no ejecutaba ningún movimiento que dejara entrever sus ganas de regresar al mundo de más abajo. No se me ocurría de qué manera rescatarla, pero, por un instante, la excitación de saberla sana y salva, en su improbable percha tan arriba en el cielo, evitó que me preocupara. De repente sentí con una convicción que eclipsaba toda experiencia que las gallinas eran invencibles, que la suerte se había puesto de nuestro lado y que nada en el mundo podría truncar las vidas de las dos gallinas que quedaban.

Lancé dos puñados de maíz al aire y agucé el oído en el momento en que se desperdigaban a mi alrededor. Ni un solo grano alcanzó a Tiniebla, que seguía en la copa del árbol. Si me veía, no lo demostraba. Gloria se apresuró a devorar todo el maíz caído. Debía de haber algo sustancioso en el propio árbol, me dije, un árbol tan acribillado de agujeros. Pero sabía que una gallina no sobrevivía mucho sin agua. Bajo un cielo sin nubes, tal vez un día, a lo sumo.

Saqué del garaje la escalera, que siempre he considerado una antigüedad debido a su pésimo estado. Dos de los seis travesaños han sido sustituidos por tacos recios, y la flojera de los cuatro que quedan dan una idea del porqué. Contra el arce, la escalera no era más que un juguete, no cubría ni la mitad de la distancia que yo esperaba. Pero podía convertir la parte sobrante de tronco en otra escalera clavando trozos de madera en la rama más baja, a modo de puntos de apoyo. Desde allí alcanzaría la única rama importante y, si era capaz de subirme a ella y levantar los brazos por encima de la cabeza, podría sacar a la gallina del punto más extremo. Así la pondría a salvo, o puede que ella misma volara hasta mis brazos mientras yo ascendía hacia ella.

Cogí tres tablones de madera de una pila de chatarra, el tarro de los clavos y un martillo. La inestabilidad de la escalera no me disuadió de escalar hasta el travesaño más alto con una hilera de clavos entre los dientes. El primer clavo atravesó el tablón con facilidad y perforó el árbol con dos martillazos más. Y así sucesivamente, hasta que hubo tres maderos sólidamente fijados por encima de mi cabeza. Mis manos se aferraron al tablón más alto, pero entonces mis pies se negaron a cumplir con su parte; se quedaron clavados a la escalera, no exactamente con miedo, sino con algo más parecido al sentido común. Cuando miré hacia abajo desde mi altura vertiginosa aunque modesta, tuve que darles la razón. Era un plan propio de una niña, y yo de niña ni siquiera me encaramaba a los árboles.

Dejé la escalera apoyada en el tronco del árbol para que Tiniebla supiera que no me olvidaba de ella. Prometí que a la mañana siguiente llamaría a todas las puertas del vecindario hasta dar con la escalera más alta. Era la clase de cosa que le habría pedido a Percy que hiciera por mí. Empezó a anochecer, y a mí me costaba creer que él hubiera estado en casa ese mismo día. Lo que yo le contara del temporal sería lo único que sabría, y el árbol era ahora un grandioso posadero recortado contra el cielo dorado.

Me despertó el pitido de un camión de servicios públicos dando marcha atrás. En la cama, a mi lado, estaba el martillo, y al otro lado de la ventana del dormitorio se elevaba el brazo articulado de la compañía eléctrica, con un hombre en la cesta y dos en el camión, como una flotilla de ángeles ataviados con túnicas de un amarillo cegador. Supe al instante que el camión sería la solución, que el brazo errante podría estirarse por encima de la cerca hasta quedar junto al árbol, si lograba convencer a los señores de los chalecos para que rescataran a una gallina.

Abrí la ventana de par en par. Entre la extensión de los viejos árboles que bordeaban el bulevar, el hombre de la cesta parecía un trasgo, diminuto, como parte misma de los propios árboles. Me tragué el abultado nudo que tenía en la garganta.

—Por favor —dije—, hay una gallina atrapada en la copa de ese árbol. —Sacando el brazo, señalé hacia un cable suelto—. ¿Me pueden ayudar?

El brazo del camión se acercó tambaleante y el hombre se transformó en una criatura de este mundo. Con voz ronca me explicó que no podía sacar ningún animal de un árbol para evitar posibles reclamaciones. Pero yo debía de aparentar la desesperación que sentía, y, para colmo, empuñaba el martillo en una mano.

—Podría espantársela, si tiene un bate de béisbol —propuso—. Y, bueno, si tiene manguera, podría echarle agua usted misma para que baje.

Como no teníamos bate de béisbol, le saqué la manzana más redondeada que encontré. Cuando salí por la puerta de atrás, el hombre ya me estaba esperando, a un metro y medio por encima de la cerca. La manzana llegó a su altura a la primera, y él la atrapó emitiendo un chasquido con la palma de la mano. Miró largo rato la manzana, pero no se burló, y colocó los dedos sobre la piel de la fruta. La copa del árbol quedaba aún a cierta distancia por encima de su cabeza, pero no tan lejos como para no poder lanzar una manzana. Hizo visera con la mano libre y echó la otra hacia atrás, y la esperanza que me invadió era trepidante y voraz, la esperanza de que algo que yo anhelaba pudiera hacerse realidad tan fácilmente.

—¿Dónde está? —dijo el hombre.

La rama estaba vacía. No había ni rastro de Tiniebla entre el verdor parcheado, y en el árbol no había lugar para que una gallina se escondiera.

—Estaba justo ahí —dije yo.

Ni siquiera el viento movía las hojas más jóvenes del árbol.

—Bueno, pues nada —repuso el hombre, y ya fuera él quien controlaba la grúa o los hombres del interior del camión, se alejó sin previo aviso en pos de otro cable retorcido por el viento.

Tiniebla había desaparecido. No estaba debajo de las escaleras, ni entre las hostas, ni merodeaba junto a la cancilla cerrada del corral, tras la cual Gloria observaba con frialdad el jardín como una agente del servicio secreto, sin parpadear. Oí un golpe tenue y no tuve valor para mirar. Me giré hacia Gloria. Ella arañó la cancilla con sus dedos torcidos.

El porrazo venía de arriba, aunque no sabría explicar cómo lo supe. ¿Acaso no podía un porrazo proceder de cualquier parte? Examiné el patio de cerca a cerca y recorrí todo su perímetro con los ojos pegados al suelo. A punto estuvo de pasarme desapercibida la hierba aplastada hacia los lados debido al impacto. En la orilla de las hostas, en muchos pedazos pero principalmente dos, yacían los restos de una manzana reventada.

Gloria no manifestó ningún interés por la manzana. Solo tenía ojos para el huerto, donde nada era tan dulce ni estaba tan a punto para comer como el estropicio desparramado a mis pies. El huerto no había acusado en absoluto el temporal. Las lechugas asomaban sus prietos volantes verdes un par de centímetros por encima del suelo, la col kale seguía altanera y tierna. Abrí la cancilla del corral con la sensación desconocida de que la gallina sabía algo que yo ignoraba. Gloria echó a correr en dirección al huerto y se detuvo ante la cerquilla verde que lo rodeaba. Aun estando atrapada, percibí hacia dónde dirigía su atención: un hongo rubicundo que asomaba del suelo entre dos tallos de kale. Y allí estaba Tiniebla, tan hundida en la tierra que la flor roja de su cresta quedaba a la altura del suelo, como algo autónomo. La cresta temblaba ligeramente y supe que estaba viva. Pico hundido, ojos cansados; parecía que nada podría moverla de allí. Pasé a Gloria de un lado al otro de la cerquilla verde. La gallina no consideró extraño el gesto, a pesar de que era contrario a cualquier otro que yo hubiera hecho anteriormente. Sin detenerse, avanzó hacia el claro soleado donde se encontraba Tiniebla y se puso a cavar y siguió cavando hasta que las dos estuvieron acurrucadas una junto a la otra. Las gallinas permanecieron todo el día en su agujero del huerto, mientras el latido y los temblores del mundo bajo sus cuerpos las atravesaban.

Groveland Garden es la típica casa que parece una cara, con ventanas a guisa de ojos, una boca a modo de puerta y un ojo de buey sobre la puerta que no parece una nariz hasta que has visto la cara y entonces ya no puedes planteártelo en otros términos. Es una casa de aspecto cordial. La clase de casa que yo quería cuando era pequeña y la clase de casa que habría querido para mis hijos. Parece imposible que una casa así pueda existir sin niños dentro, pero en el interior todos los vestigios de vida pasada han sido eliminados, salvo por la mugre de las paredes que se interrumpe abruptamente a cierta altura, y por las manchas alrededor de los interruptores de la luz, y por las huellas de incontables pares de zapatos en el suelo y, en el techo de una de las habitaciones, entre la mierda de mosca y polilla, por los fragmentos de masilla amarilla sobre la superficie rugosa en la que algo estuvo pegado hace no mucho tiempo, algo infantil, sin duda, como esos juegos de estrellas que emiten un brillo verdoso en la oscuridad; la masilla aún es maleable, aunque no es nada fácil quitarla. De la bombilla del armario empotrado cuelga un cordel de algodón atado a una cuenta morada. El armario está pintado de morado, igual que la cara interna de la puerta del armario. La habitación también debió de ser morada en otros tiempos, lo sé porque la siguiente capa de pintura no estaba especialmente bien aplicada.

Yo limpio para que una casa parezca lo más nueva posible. La novedad, y por lo tanto la limpieza, es un estado optimista. Helen me ha dicho que las casas se compran con el corazón. Compramos una casa para la vida que queremos, no para la que tenemos. Supongo que pretendía advertirme de que quizá aún pueda comprar la casa que quería de pequeña o la casa que quería para mis hijos. Pero nada impide que una cuenta morada atada a un cordelillo de algodón estropee por completo la preciosa estampa.

No hemos enfocado bien el problema de la suciedad, aunque la solución sigue siendo la misma. El problema de la suciedad hoy en día es esencialmente de orden estético: la presencia de suciedad no encaja en nuestra idea de lo que es hermoso. Por el contrario, el problema de la suciedad para nuestros antepasados tenía que ver con la supervivencia. La suciedad de nuestros antepasados era enfermedad porque la enfermedad de nuestros antepasados era natural. La enfermedad moderna es mucho más compleja.

Se ha detectado un brote de gripe aviar entre la población de aves salvajes en la región. «Brote» es un término inexacto. Es un alivio pensar que la gripe ha brotado de pronto, que ha salido del recipiente que la contenía, cuando en realidad nunca nadie ha contenido una gripe. La gripe siempre está presente, nos rodea en todo momento, aunque nosotros solo percibimos la gripe que vemos, es decir, los síntomas de gripe que reconocemos, las más de las veces los que nosotros mismos sufrimos o los que otros se quejan de padecer. Tal vez por eso la queja es repelente por naturaleza, porque poner distancias con respecto a ella era, y puede que aún sea, una ventaja para sobrevivir.

La gripe aviar está causando mucho revuelo en el vecindario. Yo no sabría nada al respecto si no fuera por la lista de correo que llega siempre con el mismo asunto: «¿Qué está pasando en Camden?». Percy está en esa lista de correo desde antes de que yo lo conociera, y supongo que seguirá recibiendo esos mensajes siempre, vivamos donde vivamos. La lista funciona más o menos como una flota de reporteros de campo para su investigación permanente de la comunidad. Yo no me he apuntado a la lista porque prefiero no saber lo que ocurre en el vecindario, aunque no hay manera de sustraerse de la visión ocasional de un vecino descamisado cortando el césped. Los emails son una caja de sorpresas de pánico y desgracias con algún que otro destello: una vecina afirma que un vagabundo se ha instalado en su roble gigante; una pegatina con un *ichtys* ha desaparecido de un Buick en Irving Avenue; el bulevar huele a caramelo de mantequilla desde que empezaron las obras, ¿no os parece? Percy lee en voz alta los emails que le parecen divertidos y también los que nos atañen directamente. Me ha informado de que «las aves están contrayendo la gripe, lo que pone A TODAS LAS AVES en riesgo, tal vez incluso a las personas, quién sabe». Como las mayúsculas parecían ir dirigidas a nosotros, Percy le ha asegurado al grupo que monitorizamos a diario a las gallinas. Por supuesto que observamos a las gallinas. No podemos evitar observarlas, siendo como son una fuente inagotable de entretenimiento y preocupación. Pero ¿qué buscamos exactamente?

Observo las crestas de las gallinas en busca de las señales que evidencian gripe aviar. Acabo de aprender cuáles son las señales: color y caída inusuales. No hay un color concreto de cresta que sea indicio de gripe; un cambio cualquiera en el color de la cresta sugiere gripe, y dado que yo no me he fijado demasiado en el color antes del brote, mi preocupación carece de fundamento. La cresta de Gloria es del rojo empolvado de un chicle recién sacado del envoltorio, mientras que la de Tiniebla tiene la palidez cérea de un juguete de plástico abandonado demasiado tiempo bajo el sol. Las crestas de las gallinas no parecen lo bastante coloradas, pero tal vez sí tan coloradas como siempre. Sé que mis gallinas podrían estar más sanas, entre los años de dieta a base de mixtura de semillas y la falta de un campo vasto por el que corretear, pero a mí no me parece que estén menos sanas que antes, y, sea como sea, ¿qué podemos hacer? Cada mañana salgo al patio para ver cómo están las gallinas, pero no abro la cancilla del corral sin antes pensar: por favor, por favor, que estén bien las gallinas, como si una súplica tardía por su bienestar pudiera eliminar la cruz de la plaga.

Esa mañana llamaron a la puerta muy temprano. Era el vecino anciano, el mismo que había solicitado el silencio de nuestras gallinas apenas dos meses antes.

—No sé si se acuerda de mí —dijo.

—Claro que me acuerdo, el del rosal trepador rojo.

—He venido a decirle que el árbol telefónico está muy activo —dijo—. Mi teléfono no ha parado de sonar.

Imaginé una caja de madera claveteada a la pared con dos campanas pechugonas repicando. ¿Sabía Percy de la existencia de ese majestuoso y vetusto árbol parlante? Y, si lo conocía, ¿por qué no se había sumado a él?

—La gripe aviar nos tiene muy preocupados a todos —prosiguió el anciano—. Sus aves ¿cómo se encuentran?

—Las gallinas están bien. Las vigilamos de cerca —dije.

Por la manera en que su boca retenía la forma de la siguiente palabra me di cuenta de que aún no me había dicho lo que había venido a decir. Nos llegó el intrépido gorjeo de las gallinas desde la parte de atrás de la casa, y de pronto tuve la certeza de que el anciano había venido a condenar a mis gallinas en nombre de todo el vecindario.

—En cualquier caso —dijo—, el mayor peligro para sus aves son las salvajes. Hemos acordado entre todos que dejaremos de alimentarlas hasta que pase el brote.

—¿Entre todos?

—Todo el árbol se ha mostrado de acuerdo. Es decir, contamos con todos los comederos del vecindario.

—Bueno, pues muchas gracias —dije.

Dio media vuelta para marcharse, pero no se fue. El coro matinal de las gallinas ejecutó un crescendo. Aunque no siempre sé qué gallina está cacareando, esa mañana podía distinguir, por el intervalo de sonidos, que eran las dos. Cuando acaban de poner un huevo, el ruido que hace una gallina es de sorpresa, un ruido exponencial, porque el ruido de sorpresa conlleva sorpresa a su vez. De este modo se forma el hongo atómico de ruido sorprendido que anuncia la llegada de huevos nuevos al mundo a primera hora de la mañana.

Se volvió de nuevo para mirarme.

—Pues nada —dijo—. Se supone que hoy hará un día medio decente.

Dicho esto, avanzó cuidadosamente con sus zapatos de suela gruesa, primero escalón a escalón y luego por el caminillo, hasta la acera y dos casas más allá, hasta la puerta de la suya, donde examinó el buzón en busca del correo que todavía no habían repartido y desapareció en el interior.

El porche de atrás es un sitio ideal para observar gallinas. Al pie del porche se despliega una burda colcha de retales de piedras planas y anchas. Ahí tenemos una barbacoa de gas, con dos de las cuatro ruedas apoyadas en un trozo de madera para nivelar la superficie de cocción y evitar así que la grasa soasada gotee siempre por la esquina trasera izquierda. En días calurosos, Tiniebla prefiere una piedra muy fresca a la sombra de la barbacoa. Hoy hace calor suficiente para que las gallinas busquen la sombra; ayer sin embargo hizo fresco y las gallinas no se refugiaron de la luz solar. Por la tarde me las encontré a las dos enterradas hasta la panza junto al compost, bajo el último rayito de sol.

Tiniebla está tan cerca de donde yo me siento que podría apoyar los pies en su cuerpo, como si de un cojín de capitoné se tratara. En su lecho de piedra lisa, se afana en sacarse ácaros y caspa del plumaje y la piel. Sus plumas están minadas de cosas que captan toda su atención. En plena excavación del ala derecha se le presenta un asunto urgente en la izquierda y su cabeza rota para atenderlo. Sus movimientos son elegantes y eléctricos;

Gloria en cambio es más torpona y se distrae con el vuelo de una mosca. Tiniebla es más flacucha pero también es capaz de duplicar su volumen sin previo aviso, como cualquier ave. La duplicación forma parte de su rutina de aseo, separando las plumas y, supongo, permitiendo que la gallina vea lo que anda buscando, aunque a menudo se limita a picotearse a ciegas sin esponjarse y parece quedar satisfecha con el resultado. Si la luz es la apropiada, en el momento en que una gallina ahueca las plumas es posible vislumbrar brevemente la diminuta forma que se oculta debajo. Esto sucede sobre todo con Tiniebla, porque sus plumas son negras, lo que resalta mucho más la carne pálida de su cuerpo. El cuerpo es compacto, dos pequeños teléfonos de carne dentro de una canasta de hueso. La visión de esta verdad subyacente —su pequeñez— resulta desarmante, como ver a una mujer calva.

Tiniebla se echa sobre una piedra lisa, pero jamás pondría un huevo ahí. Las gallinas no ponen sobre roca. Un nido es una buena idea y una roca es una de las peores. Si bien un huevo puede llegar a soportar presiones increíbles aplicadas de manera uniforme sobre todos sus lados, no es capaz de soportar ninguna fuerza de las que genera la naturaleza: vectores aleatorios.

Cuando las gallinas se asustan, buscan cobijo entre la casa y las escaleras, en la espirea. El arbusto se convierte en una nube inmaculada de flores cada primavera, pero el resto del año es un caos de ramas, mitad nido, mitad jaula. El ajetreo de trenes no las espanta, pero si otro tren inicia su recorrido en la terminal ferroviaria, a un kilómetro y medio de distancia, el arranque —su pura fuerza ctónica— detiene en seco a las gallinas.

Patas clavadas al suelo, plumas petrificadas, paralizado hasta el último músculo carnoso, salvo sus corazones, que laten desaforados, y sus ojos errantes. De la misma manera, el tren se cuela en mi sueño por las noches, metamorfoseada su velocidad por el filtro onírico en un grandioso muro de agua o un pozo sin fondo.

El calor no remitió durante la noche. Ayer llegamos a los cuarenta grados y las gallinas iban moviéndose de un trozo de sombra a otro, excavando depresiones nuevas en las zonas sombreadas. Metidas hasta el pecho en la tierra fresca, seguían jadeando, inflando y desinflando las pechugas. Mueren más gallinas por exposición al calor que por cualquier otra circunstancia natural. Me sorprendió descubrir el dato al segundo año de tener gallinas. El verano anterior había sido el más caluroso de la historia y parecía pura chiripa que nuestra avería de cuatro integrantes hubiera sobrevivido. El calor nunca ha sido para mí poco más que una molestia, otra manera de dividir en dos a la población mundial: los que adoran el calor y los que no, aunque a menudo me sorprende descubrir gente que lo adora viviendo entre nosotros en Minnesota, donde se conforman con cinco o seis días abrasadores al año. Esos cinco o seis días son los más peligrosos para una gallina, una amenaza dada su inclinación natural hacia la luz solar.

Salvo en los días más calurosos y los más fríos del año, yo relleno el comedero exterior porque el sol incide directamente sobre él a última hora de la mañana. Las gallinas necesitan tanta luz como sea posible. Necesitan el calor, que queda atrapado bajo su plumaje igual que en un invernadero. De ahí que el calor del sol nimbe a las gallinas creando la forma exacta de una gallina. A partir del calor, la vitamina D y, por supuesto, el pienso y el agua, se forma un huevo. Primero con una cáscara delicada, como el huevo de una criatura anfibia, una forma frágil más apta para espacios reducidos, que posteriormente se endurece hasta formar la armadura quebradiza del huevo tal y como lo conocemos. Una vez formado el huevo, la luz no se detiene. La luz penetra en el huevo por todos sus lados y sale del mismo modo, aunque mermada, después de que el huevo haya tomado lo que necesita. Un huevo parece brillar porque brilla.

Durante la mañana sofocante, Tiniebla y Gloria anduvieron golpeteando de acá para allá. Siempre me reconfortan los sonidos gallináceos a primera hora del día por motivos evidentes: están vivas. Pero, más allá del tranquilizador toque de diana, me siento en la obligación de acallarlas. Si no por mí, por los vecinos, aunque también lo hago por mí en la medida en que el clamor de una gallina está perfectamente diseñado para soliviantar. No hay forma más rápida de acallar a una gallina que darle de comer.

Me enfundé las botas de caucho verde que dejo siempre junto a la puerta de atrás. Desde el porche comprobé que todo estaba tal como lo había dejado la víspera: trampilla abierta, puerta de la caseta ídem. En las noches más calurosas del año dejamos abierta la puerta de la caseta, y también la trampilla del corral, para que circule el aire por el gallinero. Pero ¿por qué no habían salido aún las gallinas? Ni siquiera entonces, cuando un haz de luz matinal barría y purificaba la tierra parda. Si la gripe se disponía a anunciar su llegada de alguna manera, si el final estaba marcado por un comienzo —aunque, por supuesto, el final ya ha comenzado—, ¿sería esta la señal?

Cuando el pienso cayó como pedrisco dentro del comedero exterior, las gallinas se encogieron en un rincón del gallinero. Cuando el polvo se hubo asentado, no sin antes ejecutar su elevación, las gallinas seguían sin reaccionar ante el comedero rebosante. Nunca había ocurrido algo parecido. Las gallinas no están contentas con el pienso ecológico, pero cada día se acercan al comedero como quien no quiere la cosa, olvidando que están descontentas con el pienso ecológico. A lo largo de los años he visto a menudo a una gallina, la considerada inferior en la jerarquía por el resto de la avería, quedarse en un rincón mientras se celebraba un frenético festín. Esto no solo es habitual entre gallinas, sino también natural. Una gallina beta se reconoce por la cauta distancia que establece con el comedero. Gam Gam pasó a ser la gallina beta antes de morir, pero no hay razones para pensar que muriera a consecuencia de ello. Durante un breve periodo fue carne de cañón para los ataques de las otras, pero poco después empezaron a tratarla como a una mera paria. Poco antes de morir, Gam Gam ocupaba tan prediciblemente la esquina del gallinero a la hora de comer que un molde perfecto de sus bajos marcaba el punto exacto cuando ella salía. Y después de su muerte la oquedad siguió ahí, durante semanas, hasta que me armé de valor para limpiarla.

Desde la puerta del cobertizo oteé el horizonte, truncado en todos sus lados por el vecindario. Las contraventanas en descomposición de la casa de al lado; la parte de atrás de la casa de Rita, donde el canto de una pala había hecho añicos los dos escalones más bajos; la maltrecha canasta del solar trasero, bajo el cual un grupito de chicos de lo más heterogéneo suele juntarse con o sin balón, aunque en ese momento no se veía a la chavalería por ninguna parte. No había ni rastro de peligro.

Dos noches antes, Percy había oído alboroto en el caminillo de entrada. Salió de casa con una linterna y regresó al cabo de un minuto. «No te lo vas a creer», dijo. Según mi experiencia, Percy siempre sobredimensiona el asunto, y precisamente por eso lo seguí por la puerta de atrás: para calibrar la experiencia por mí misma. Supongo que, también, una parte de mí deseaba que llevara razón.

Bajé los escalones tras él y atravesamos la vereda hasta la cerca que nos llegaba por la cintura y separaba el patio del acceso para el coche y el callejón. Y allí, bajo el resplandor tenue de la farola, estaba el mapache más grande que he visto en mi vida llenando una maleta con basura del cubo volcado. Al mapache le traía sin cuidado nuestra presencia, percibía quizá que éramos un par de idiotas o de pacifistas, o, como mínimo, que no íbamos armados. Su pelaje brillante se movía de lado a lado sobre su ancho lomo a medida que el animal seleccionaba cada artículo de basura para determinar qué le proporcionaba alegría. En el maletín abierto a su lado —un maletín de Percy, desechado porque se abría con demasiada facilidad— introdujo cuatro platos de cartón con restos de tarta, un trozo de cinta dorada con forma de bucle y la bola de pelusa y porquería que yo había sacado de la aspiradora sin bolsa. Cuando hubo agotado el contenido de nuestro cubo, cerró el maletín, se irguió sobre las patas traseras y se marchó como si temiera llegar tarde a un importante turno de noche.

A la mañana siguiente no encontramos señales de que hubiera vuelto, ni las había ahora. Desde el vano abierto del gallinero, a través de la neblina de polvo, las crestas de las gallinas no lucían ni sanas ni distintas, más caqui que rojas.

A última hora de la mañana las gallinas no habían tocado su comida, ni yo las encontraba. Alboroté las hostas y sondeé la espirea con el palo de una escoba. Me arrodillé junto al escalón más bajo y eché un vistazo bajo la escalera, donde encontré toda una flota de arces diminutos brotando de semillas abiertas y, en el centro, un huevo XXL. Saqué el huevo a la luz, donde su cáscara azul pálido parecía un recorte del cielo azul pálido, un azul puro y perfecto.

Sostuve el huevo en alto como si fuese un talismán. Las dos gallinas salieron de un hoyo profundo junto a la cerca, aleteando para sacudirse la tierra. La hierba temblaba debajo de ellas, como bajo un repentino chaparrón. Luego, como si el tiempo pudiera dilatarse por arte de magia, cada cosa dispuso de todo el tiempo que necesitaba: las aves aún incorporándose, la hierba temblorosa, la luz elástica del mediodía otorgando a las gallinas y sus crestas un resplandor robusto y sano. Incluso el huevo parecía no tener fin, perdido en el cielo azul sobre nuestras cabezas.

A las gallinas también las espoleaba la curiosidad. Deposité el huevo en el suelo, en medio de las dos. No tenía ni idea de lo que ocurriría. Pensaba que tal vez la legítima madre lo reclamaría. No debería haberme sorprendido cuando las gallinas empezaron a picotear la cáscara de color golosina como si fuese una figura de chocolate.

—¿Qué es esto? ¿Un huevo azul? —dijo Percy.

Yo había dejado el huevo fracturado en el filo del fregadero, en una ranura pensada para alojar un estropajo. Allí puesto, el huevo transmitía autoridad, como si el fregadero se hubiese fabricado a tal fin.

—¿De dónde ha salido?

—De debajo de los escalones.

—¿Los de fuera, dices?

Claro que era un huevo azul y claro que no me lo había encontrado dentro de casa. Así son los sonidos del matrimonio: las preguntas no se formulan para ser respondidas. La importancia del huevo —una importancia de pura lógica, que por tanto se me escapaba— residía en que el huevo solo podía haberlo puesto un ave que pone huevos azules. Como nosotros no tenemos aves que pongan huevos azules, este punto debería haberme guiado hacia una conclusión clara y meridiana, a saber, que el huevo azul lo había puesto otra ave. Pese a que no se me había pasado tal pensamiento por la cabeza —yo solo había pensado en un milagro—, ese fue el punto de partida de Percy.

—¿Qué clase de ave pone un huevo así? —dijo—. Rita lo sabrá.

La puerta de atrás de Rita se abrió antes de que llegáramos. La vecina colmó todo el umbral con su mandilón con canesú y sus zapatillas.

—Qué sorpresa —dijo con un tono opuesto—. Dejadme ver.

Agarró el huevo con una mano y se quitó las gafas con la otra. Se puso las gafas encima de la cabeza y cogió un segundo par, más colorido, que le colgaba de la pechera abultada mediante un cordel muy alegre.

—Está roto —anunció.

—Lo han roto las gallinas.

—¿Ahora tenéis una pata? —preguntó.

—¡Eso es! —exclamó Percy.

Percy reclamó el huevo y salió corriendo callejón arriba hasta nuestro patio de atrás. Colocó el huevo a la sombra, debajo de los escalones. El sol estaba en su cenit. Las gallinas se apartaron cuando Percy fue directo al cobertizo, abrió la puerta, encendió la luz, y profirió un hurra que hizo que las dos gallinas echaran a correr en dirección al rincón más apartado del patio.

—Lo sabía, aquí está.

Un pato todo pardo apareció a través de la trampilla, sin prisa, o bien los pies palmeados y el balanceo del trasero enmascaraban cualquier indicio de prisa. Orientó las pechugas por encima del trozo de madera que revestía la cancela abierta al patio y se pasó al otro lado dejándose caer, para luego mirar en derredor con leve curiosidad. Percy echó a correr hacia el garaje, revolvió ruidosamente entre su colección de trastos y reapareció con un cajón de plástico para botellas de leche y una toalla andrajosa. Entretanto, las gallinas habían constatado las dimensiones del pico de la pata y no querían saber nada de ella.

La pata fue hasta los escalones, porque había olido el huevo o porque había vislumbrado un recuerdo o porque la misma fuerza que la había atraído la primera vez había vuelto a ejercer su poder de atracción. Percy aguardó junto a los escalones para ejecutar la caza perfecta. Cuando la pata reapareció, imperturbable ante el huevo roto —el huevo, una vez roto, no se parecía en nada al que ella había dejado allí—, Percy la atrapó con el cajón, deslizó la toalla por debajo y le dio la vuelta al conjunto, dejando a la pata atrapada y bocarriba. Le dio un meneo al cajón para enderezarla, tras lo cual las patas del animal se colaron entre los amplios agujeros y empezó a patalear. Le puse el huevo azul al lado. Cuando Percy se acercó al estanque de Webber Park, la pobre patita echó a nadar hasta perderse de vista.

Las gallinas volvieron al gallinero al anochecer. Franquearon la trampilla riñendo y graznando y se detuvieron nada más entrar, inmóviles como centinelas. Recuerdan, pensé. Recuerdan a la pata.

Me quedé profundamente dormida dándole vueltas a esa idea —las gallinas recuerdan— y por lo tanto convencida de que mi tiempo con las gallinas había sido en cierta medida igual a su tiempo conmigo. Me recuerdan. Pero, a la mañana siguiente, arrodillada para raspar el suelo del gallinero, vi lo que las había detenido en seco. Pegada a una brizna de paja había una pluma parda con una raya azul.

Es junio y los árboles están cargados de hojas, lo que provoca que las sombras también tengan hojas, y los dos tipos de hojas se mueven con el viento, creando una sombra del viento. Tiniebla observa todo esto y no percibe una amenaza, de modo que se echa, sin poner, serena y a la vez alerta. Una hormiga roja trepa por la piedra donde descansa Tiniebla hasta una pluma negra de su cola, seguida por una araña marrón. La araña da alcance a la hormiga, aunque no parece que sea su objetivo; al ponerse a la altura de la hormiga, la araña sigue avanzando con la ventaja que le dan las dos patas extra hacia el ala de la gallina y su interior, mientras la hormiga regresa a la cola. Tiniebla permanece ajena a todo o bien las conoce, dos criaturas ni dañinas ni sabrosas. Ella sigue acicalándose alrededor de la araña y la hormiga, husmeando en cada ala y apartándose a continuación. Solo hay una parte de su cuerpo que no alcanza, más allá de la cola. Supongo que ver lo que ocurre en esa área sería su perdición, con lo fácil que es distraer a una gallina.

Gloria anda cerca entre las hostas, se la oye haciendo añicos las plantas desde el interior, a picotazo limpio, y de vez en cuando avisto el abanico moteado de su cola. Si las gallinas no fueran animales gregarios, seguirían moviéndose como tales porque les interesan las mismas cosas. El consuelo de las piedras frescas las atrae, y poco después ambas gallinas se acicalan una junto a la otra, alisando y dando forma a la fronda de sus plumas con movimientos rápidos, completamente ensimismadas a pesar de que parece una acción coordinada, con Tiniebla echada y Gloria de pie. El manso castañeteo del pico contra los cálamos es un paso ligero entre ellas, igual que una marcha constante de uñas acrílicas. Observarlas reconforta, y también ellas parecen reconfortadas al colocarse bien las plumas con cada pasada del pico. Hay una seguridad tremenda en sus movimientos, como si ese acto de acicalarse, ese acto solitario y egoísta sin prisa de ninguna clase fuera, en realidad, su único propósito en la vida. Luego, el ritmo de su tarea se ralentiza y suaviza hasta detenerse por completo. Primero una, luego la otra, pliegan la cabeza plumosa bajo el ala, dejando a la vista únicamente la cresta, esa carne lobulada extraterrestre de un rojo ordinario.

Una gallina sana refulge. Las plumas pertenecen a una familia de luminiscencia natural. En este grupo que abarca vidas pasadas, presentes y futuras se encuentran también las escamas de pez, las alas de mariposa y la piel de bayas vistosas cuando los rayos solares las atraviesan, el ojo encendido de un animal cuando se lo ilumina en la noche, el interior de la concha de un abulón, el fulgor intrincado de la flor de violeta. La hoja de una begonia hace añicos la luz cuando el sol incide sobre ella, verde vista desde arriba o roja desde abajo; de la misma forma, las hojas de una hosta parecen titilar en algún momento de los días sin nubes. Sentada en el autobús, he visto la nuca de un chiquillo centellear así, de modo que quizá también nosotros formemos parte de la familia del fulgor y la luz.

Las plumas de las gallinas lucen ahora más lustrosas que nunca. Sí, el centelleo y el brillo son síntoma de limpieza, pero lo que hace brillar una pluma no es puramente superficial. El brillo de una pluma es indicativo de buena salud, igual que el centelleo original; la razón misma por la que nos atrae cualquier objeto centelleante —el brillo del agua en el horizonte— es la promesa de la vida. Un objeto que deja de brillar está viejo o defectuoso y, en ambos casos, se encuentra un poco más cerca de la muerte.

Percy y yo hemos hecho una lista con los pros y los contras de marcharnos de nuestro hogar y poner rumbo al oeste para estar más cerca de la universidad. Yo nunca hago listas, salvo las que confecciono mentalmente; los economistas, en cambio, se ganan la vida trasladando al papel hasta el último pensamiento, a menudo en forma de lista. Cada pro tiene su contra, igual y opuesto, y viceversa. Al final, un economista publica su lista y toma la decisión que pretendía tomar desde el principio. Nuestra lista no ha sido una excepción. Cambiar esta casa, llena de encanto y de rarezas, por otra de las mismas características. Intercambiar estar cerca de mi madre por estar cerca de la suya. Dejar atrás amistades consolidadas. Entablar otras nuevas. Olvidarse de los chavales revoltosos en sus bicis demasiado pequeñas. Entrar en los dominios de otros chavales revoltosos. La aventura. La realidad. La burocracia de la institución. Las ventajas de la burocracia. El inexorable final del libro de Percy (en el que aparecerá una versión de esta lista).

—¿Y qué hay del arrepentimiento? —he preguntado.

—Apúntalo —ha dicho Percy.

—¿En qué columna?

—En las dos.

—¿El costo de la vida?

—Se prorratea.

—No se me ocurre nada más.

—¿Tú qué quieres? —ha preguntado Percy.

No he podido decirle qué quiero exactamente. Quiero algo que no termine en chasco.

—Me hace ilusión pasar mi vida contigo —ha dicho él—. Pase lo que pase.

Elegí a Gloria porque a mi madre le gustaría el nombre y porque Gloria es una gallina estoica de porte regio y, además, la que más huevos pone. Mi madre es en esencia una mujer pragmática.

Las gallinas percibían que algo malo pasaba; quizá se habían fijado en el coche con el maletero abierto y una caja de plástico preparada en el interior, forrada con paja, un poco de pienso espolvoreado por encima y un platito con agua hasta la mitad en una esquina. Abrí la tapa superior del corral y me metí dentro. Incluso con las gallinas cercadas es tarea ardua atrapar una. Me abalancé, brazos extendidos, ojos cerrados, hacia un revoltillo de alas y uñas y busqué a tientas en la dirección general del alboroto. Al segundo intento, mis manos abiertas se llenaron de plumas. Tiré con firmeza. Era Tiniebla, con su corazón de pajarillo latiendo muy fuerte contra mí. Pensándolo mejor, a mi madre le daría igual si los huevos eran grandes y el nombre sofisticado. Instalé a la escurridiza Tiniebla en la caja de almacenaje, y ella se metió en el agua de un saltito, volcó el plato, escarbó la paja y el pienso hasta convertirlos en un guiso espeso y a continuación se puso a experimentar con las paredes de plástico en busca de señales de vida o debilidad.

Yo había llamado a mi madre para sugerirle una toma de contacto con las gallinas.

—¿Qué te parece lo de las gallinas?

—He procurado no pensar en ello —me dijo.

—Podría llevarte una para que estuviera contigo el fin de semana. —Silencio—. ¿Mamá?

—Bueno, vale. Tráete una gallina.

Durante todo el viaje Tiniebla anduvo revolcándose de un lado a otro en su propio estropicio. Cuando llegamos a casa de mi madre, la caja de plástico estaba salpicada de excrementos, paja y gránulos de pienso hinchados. Tiniebla dormía en medio de la inmundicia; llevaba durmiendo desde que habíamos pasado el novillo negro de Osseo media hora antes, con la cabeza girada en un ángulo imposible y oculta bajo su ala.

Cuando una gallina llega a una casa nueva, esta se convierte en su hogar. Las cosas que una gallina desea son las mismas que necesita; un sistema demasiado simple para la mente humana.

Mi madre metió a Tiniebla en la casa, hasta la cocina, donde unas gachas carnosas palpitaban en la lumbre, y luego hasta el patio de atrás. Mi madre extendió los brazos y Tiniebla se detuvo, ladeó la cabeza imitando a la perfección un gesto de reflexión, voló varios metros —el vuelo más largo que yo hubiera presenciado de alguna de nuestras gallinas—, aterrizó sin percances sobre las dos patas y extrajo una lombriz del suelo nada más establecer contacto con la tierra, como un ave rapaz. Mi madre la vitoreó.

—Se llama Tiniebla —dije.

—Qué triste, tendré que cambiarle el nombre.

—Da lo mismo, no responde cuando la llaman.

—No me extraña.

Las gachas eran para Tiniebla, elaboradas siguiendo la receta de un libro dedicado al tema de convertir un patio trasero en una granja apta para la supervivencia. El autor lo había hecho en sus setenta y había vivido lo suficiente para contarlo, aunque dudo que mucho más. Si no murió de hambre por pura cabezonería, el mundo lo mató del chasco. El libro estaba abierto por la página de alimento alto en proteínas para gallinas.

—¿De dónde has sacado esto? —pregunté.

—De la cooperativa federal.

—¿Harina de pescado? ¿De maíz? ¿De centeno? ¿De trigo? ¿Conchas trituradas?

—Lo venden todo allí, salvo las conchillas. He usado las de unas campanillas de viento viejas.

Ya lo creo que sí.

—¿Estas gallinas han tenido tuberculosis aviar? —preguntó.

—Diría que no.

—¿Y punto negro?

—Se llama Tiniebla.

—No, digo punto negro. La enfermedad.

Yo nunca había oído hablar del punto negro ni de tuberculosis en gallinas, como tampoco me había planteado cocinar gachas saludables para echarlas al suelo a cucharadas. Creía que las gallinas serían una fuente de entretenimiento para mi madre y que no le darían mucho quehacer. Ahora deseaba más que nunca que Tiniebla pusiera un huevo marrón oscuro antes de la mañana siguiente.

Mi madre se ciñe a un horario estricto para cenar, pero las cenas como tal las plantea en términos laxos. La nevera está siempre casi vacía; el congelador en cambio presenta un rebosante inventario de alimentos a punto de echarse a perder. Entre ambos extremos, un huevo llegaría como agua de mayo. Mi madre escondió una pieza de pollo detrás de un tarro de pimientos cherry que se alzaba como un pilar de mi niñez, inalterable incluso el pimiento rojo principal, flanqueado por otros verdes a cada lado.

—Nosotros comemos pollo —dije.

—No me parece propio de una buena anfitriona.

Solo pensaba en Tiniebla. Los animales siempre han circulado por la vía rápida hasta el corazón de mi madre, justo lo que yo deseaba para las gallinas.

Percy y yo comemos pollo. Los pollos del sistema, cuyas vidas no se parecen prácticamente en nada a la vida. Es horrible pensar en comer pollos que han tenido una vida tan horrible, y por eso optamos por no darle muchas vueltas al asunto. Si Percy hubiera reflexionado sobre ello, habría escrito un libro. Percy adora una dicotomía, y esta en concreto —el tema de la mascota en oposición al sustento, y el solapamiento correspondiente— es tan fértil como la que más. Si me parase un poco a pensarlo, me mantendría lo más lejos posible de las pechugas retractiladas de los pollos modernos. Dejando a un lado las reflexiones, la carne de pollo es la más amable.

Mi madre encontró un taco de queso velloso, un trozo de carne grisácea y, en el congelador, los dos últimos panecillos del mundo. Los conejos le habían arrasado el huerto, pero junto a la caseta medraba un manojo de diente de león. Me mandó al otro lado del caminillo con unas tijeras para cosechar las hojas. Mastiqué una, amarga, mientras las escogía. Empezó a picarme la lengua. No pude evitar pensar que estaba experimentando una muerte lenta o, mejor dicho, que la lentitud de mi muerte se había acelerado de repente. Cada corte en los frondosos hierbajos producía una gota blanca como la leche que temblaba sin llegar a caer.

En la cocina, el diente de león no fue objeto de ninguna clase de tratamiento. Yo enjuagué las hojas, las repasé una por una, y verbalicé un pensamiento acerca de mi lechuga preferida. Los panecillos habían sido tostados, el queso escamondado y la carne resucitada con la fuerza vital del kétchup. No se me ocurría ningún comentario que no aludiera directamente a nuestra humilde refección. Mi madre retransmitía cada movimiento de Tiniebla. La gallina arañó el suelo, dos, tres, cuatro veces, picoteó la tierra en dos ocasiones, alzó el pico hacia el cielo, sacudió todo el cuerpo de la cabeza a los pies, desplegó las alas, picoteó la tierra una vez más, encontró un gusano —hurra— y a continuación alzó el pico hacia el cielo por segunda vez y algo captó su mirada y la mantuvo en vilo.

—Maravilloso —dijo mi madre, refiriéndose seguramente al espectáculo de la gallina, porque la ensalada estaba llena de arenilla.

—¿Sabes que las gallinas comen piedras? —dije yo.

—Pues claro que sí, tienen mollejas.

A la mañana siguiente me escabullí de la casa para acallar a Tiniebla con el último pedacito de queso. Su clamoroso orgullo se había colado en mi sueño transformado en la voz de Helen. No me causó extrañeza, o bien en el sueño la extrañeza era la verdad de todas las cosas. Yo entendía todas las palabras del clarín y los graznidos de Helen. Ay, Helen, eres la monda, pensaba yo, mientras mi amiga cacareaba sin cesar. Desperté y el cacareo continuó, aunque sin atisbo de humor.

Había una salpicadura rosada en el cielo gris. En el escalón, en bata, estaba mi madre. Observaba a Tiniebla andar de acá para allá en su desfile solitario. No muy lejos, en el suelo, sobre una espiral de lirios jóvenes, había dos huevos pardos. Yo había deseado un huevo en el momento de conciliar el sueño, cerré los ojos y visualicé la imagen de uno, perfecto y castaño. Por favor, Tiniebla. Por favor, pensé. Un huevo sería la perfección.

Dos huevos tuvieron el efecto contrario. Me sentí fatal. Era una acción sin precedentes. ¿Habría sido la papilla de pescado?

Encontré la sartén guardada en la parte de arriba del armarito de toda la vida, la mantequilla tan blanda como siempre en la balda más alta. Cuando el hierro fundido empezó a humear, casqué el huevo contra el borde y vi cómo se escurría entre mis pulgares entrometidos. El huevo no presentaba ninguna rareza. La yema era del color de las caléndulas, roto y floreciente. La clara, firme. Atrapé un trocito de cáscara con una de las mitades vacías.

—Si cascas el huevo contra la encimera, no te pasará eso.

Y así lo hice, con toda la intención del mundo, aspirando a la destrucción, solo que en lugar de eso conseguí una grieta inmaculada. Al interior de la sartén fue a parar otro espécimen de categoría superior, un sol acunado en gelatina. Dos huevos medianos y sin embargo espectaculares. Qué pequeño milagro tan desaprovechado, cuando con un solo huevo habría bastado y sobrado.

Mientras nos comíamos nuestros huevos con tostadas, dos plumas se colaron flotando por la puerta cristalera corredera. Plumas mullidas unidas por una pizca de lo que sea que conecta una pluma con otra. Ver dos plumas así, moviéndose como una sola, es extraño y, pensándolo bien, terriblemente extraño. Las plumas no crecen a pares ni viajan como tal. Tan pronto como me asaltó este pensamiento —la terrible extrañeza—, un pajarillo cayó del cielo al suelo.

Los pájaros siempre andan estampándose en pleno vuelo contra amplios ventanales, pero se sobreponen como si tal cosa. Este pajarillo, sin embargo, no se había estampado contra nada: había caído sin más, lento y mudo, a treinta centímetros de la puerta corredera.

—Ay, dios mío —dijo mi madre. Abrió la puerta y fabricó un nido con la mano—. Ay, dios mío —repitió, llevándosela al pecho.

No era un pájaro, sino un amasijo gris más pequeño que un limón. Mi madre salió a buscarla, con la bola de plumas en la mano igual que una calamita, y yo la seguí un pasito por detrás.

Cuando encontramos a Tiniebla no quedaba gran cosa, una corona de plumas de la cola y una pata a la que le faltaba un dedo.

Mi madre no es de lágrima fácil y no parecía que fuese a llorar, más bien aparentaba que de pronto ya no se podía hacer nada. Tomó asiento en el escalón y yo me senté a su vera.

El sol estaba muy arriba en el cielo cuando me propuso que diéramos de comer a las cabras. Había sacado una caja de zapatos con una película de polvo y había metido dentro los restos mortales de Tiniebla. De camino a la caseta, dejó la caja encima del montón de compost y tuve la corazonada de que volvería a buscarla luego, para enterrar la caja o su contenido.

—Ven, anda —dijo mi madre—. No ha sido culpa de nadie, ¿eh?

Y me envolvió en un abrazo, su camisa suave bajo mis dedos y su olor inalterado.

Percy pasó la mañana en el porche de atrás, vigilante, con su cuaderno. No dijo una palabra sobre su objetivo, que interpreté como secreto. Podría no haberme percatado del silencio de Percy, solo que estaba esperando que hiciera algún comentario desafortunado. El que fuera, para poder reprochárselo.

A última hora de la mañana me uní a él en el porche, desde donde las vías férreas no se ven pero los trenes sí. No sé lo que esperaba. Tal vez alguna prueba de que si ocupábamos el mismo espacio al mismo tiempo veríamos las mismas cosas. Allí estaba Gloria, justo delante de nosotros. ¿Quién habría podido imaginar que un cielo gris apagado proyectaría en sus plumas una luz plateada tan extraordinaria? Se movía en silencio y sin prisa, había reivindicado su soberanía, o bien estaba estupefacta de dolor. Entretanto, Percy tomaba nota de cada vagón del tren que pasaba por turnos, a un paso un pelín frenético a medida que el tren cogía velocidad: BNSF, Hanjin (2), Cosco, BNSF, Procor, GATX. Y podría seguir hasta el infinito, como sucederá en el libro más aburrido jamás escrito.

Mucho antes de que nosotros viviéramos aquí, los trenes del vecindario eran trenes de pasajeros. Ahora las personas han desaparecido, igual que las grandes aventuras. El tren continúa sin principio ni fin en perspectiva, a veces una simple mancha de colores a escasa distancia, con las palabras desteñidas y borradas, y otras veces lento, tan lento que la hierba a sus pies parece moverse hacia atrás alrededor de un tren detenido. Cuando el tren se mueve despacio, a menudo confundo su retumbar con el trueno, pero a un ritmo firme el sonido del tren es el airado estrépito del trabajo en ejecución, el interminable trabajo de cambiar de lugar.

Mientras fregaba el viejo suelo de madera de roble con una mezcla de jabón de aceite y agua caliente, se me representó un pensamiento o, más bien, se me ocurrió una idea. Podía discernir su singularidad, una especie de intensidad con púas, pero no el mensaje. Y sin embargo, la cosa reclamaba toda mi atención, como si mis errores del pasado estuviesen a punto de ser revelados. El pensamiento o la verdad, fuera lo que fuera, existió durante un abrir y cerrar de ojos mental y luego se esfumó. ¿Qué lo había provocado? ¿El tenue aroma cítrico del limpiador para madera? ¿El movimiento circular de mi brazo sobre las tablas envejecidas? ¿La propia esponja, jadeando aire y agua? Mis músculos se enroscaron, prestos, pero ¿qué tenía que hacer exactamente? No disponía de información suficiente. Volví al trozo de suelo que acababa de limpiar, con la esponja chorreando y la esperanza de atrapar esa misma sensación en el mismo lugar.

Al llegar a casa después de limpiar descubrí un halcón, inmóvil cual gárgola, posado en la barandilla del porche de atrás. La única ventaja que supone la barandilla en comparación con los muchos árboles imponentes de alrededor es una visión más despejada de la puertecita tamaño gallina de la que hubiera emergido Gloria de no ser por el halcón centinela. El halcón me escudriñaba o, mejor dicho, escudriñaba el mundo entero conmigo en él. Bajo la mirada ultravioleta del halcón yo no era más que un latido radiante, clavado al caminillo junto a mi balde de limpieza. La gallina, de alguna manera, se mostraba prudente ante el halcón, había experimentado esa misma sensación de saberse observada que yo no lograba sacudirme, o tal vez hubiera oído el gorjeo leve y perturbador que emitía la lengua de la rapaz.

Nunca antes había aparecido por casa un halcón, pero este tenía aspecto de veterano, observaba la trampilla con una paciencia obstinada que nada tenía que ver con la fe. Pensar en la rigurosa espera del halcón me incitó a pasar a la acción. Lancé a un lado el cubo lleno de botellas y trapos formando un arco muy abierto y la respuesta del halcón fue tan comedida como instantánea, desplegando unos haces grandiosos de pluma y hueso. Con dos gloriosos aleteos —cada movimiento raudo un triunfo de la gracilidad sobre el empeño—, el halcón se elevó y alejó, hasta posarse en un olmo desde el que reanudó su vigilancia del mundo.

Gloria ocupaba el rincón más alejado del gallinero, golpeando la pared en un único punto y con diligencia, como si cada toque la acercara un poco más al otro lado. No tenía conciencia de que la libertad sería su ruina. ¿Qué significa que el instinto natural de una gallina sea tan contrario a su bienestar? Supongo que

nada más que el hecho de que lo natural es irrelevante.

—No te preocupes —le dije—. El halcón se ha ido.

Si por ella fuera, Gloria se pasaría la vida en el huerto. No ha aprendido a entrar a pesar de que entra a menudo y siempre siguiendo la misma ruta, a través de los boquetes grandes que presenta la cerca y no por los muchos boquetes más pequeños que quedan a ambos lados. El cercado lo dejaron los anteriores dueños de la casa, que debieron de usarlo solo con fines decorativos, aunque la cerca no es tan decorativa como aparenta: prefabricada y baja, hecha de alambre basto recubierto con una capa fina de plástico verde y flexible y con bisagras a intervalos de un metro para adaptarse sin problemas a formas y caprichos. Los ladrones de huertos salvan la cerca sin dificultad, al igual que la amplia población de conejos regordetes del vecindario, quienes, por pura buena suerte, prefieren las lechugas de los vecinos antes que las nuestras, una suerte que solo se mide en lechugas, este año un poco amarillentas y con manchitas pardas.

Hasta la más reciente encarnación de la gallina —un ave deseable en la medida en que sus pechugas pesan más que el resto del cuerpo—, las gallinas se desplazaban volando. Las gallinas primitivas eran aficionadas a volar. Una gallina aficionada a volar debió de descender desde el anchuroso cielo y deslizarse justo por encima del suelo hasta que la ingravidez del vuelo aficionado pasó directamente a ser esos andares torpones que seguramente no han cambiado desde los albores de las gallinas. Quizá en alguna parte exista un trozo de barro petrificado que dé fe de todo esto.

Gloria introduce la cabeza en los boquetes pequeños de la cerca, a través de los cuales solo le cabe la cabeza, y la estira al máximo, hasta que las pechugas chocan contra el recio alambre. Llegados a este punto, Gloria está atrapada a todos los efectos. Las gallinas no retroceden. Una gallina se mueve únicamente en el espacio visible. Cada tres intentos o así —dar un número exacto es complicado por el azar—, Gloria se acerca a una abertura mayor en la cerca y gana acceso al huerto del otro lado.

Lo primero que se zampa una gallina cuando entra en un huerto es la kale. No tengo ni idea de por qué una gallina que prefiere mixtura de semillas a cualquier otro alimento hace una excepción con la kale. Tal vez el impacto del pico que atraviesa la hoja recia de la hortaliza represente una alegre distracción en sí misma. Una vez que deja la kale pelada, la gallina rastrilla la tierra negra hasta satisfacer su apetito a base de cochinillas de crujiente caparazón, lombrices y alguna que otra larva, rolliza como un juguete de piscina. Cuando queda satisfecha, la gallina rastrilla en la tierra un hoyo de la anchura de su cuerpo y se introduce en él, con la abultada mitad superior quebrantando la superficie como el mascarón de proa de un navío atracado bajo tierra.

El comportamiento de una gallina ha cambiado poco a lo largo del tiempo. Los predecesores de todos los animales domésticos tenían dientes más afilados y garras más afiladas y se comían entre sí, sin que los propios congéneres fuesen una excepción, con mucha más desenvoltura que los animales del presente. Pero las gallinas aún tienen garras afiladas y, a pesar de que no tienen dientes, todavía son animales carnívoros, capaces de comerse a modo de refrigerio y con desenfadada desconsideración las crías de otras aves y los ratones que se crucen en su camino, y a menudo incurren en el acoso de una de las suyas con una ferocidad que puede o no desembocar en la muerte de la gallina acosada. En comparación con los gatos y los perros, y hasta con las razas de cerdos más sugestionables, las gallinas parecen bárbaras, y sin embargo la gallina moderna se adapta perfectamente a la vida que lleva.

La casa de Helen es preciosa de ver y espantosa para vivir, y quizá una buena inversión si el dueño tiene interés en el valor de las experiencias. Se construyó, principalmente, como concepto —se recoge sobre sí misma en espiral, como un caracol—, y el propio arquitecto vivió en ella varios años pero luego se cansó de sus específicos encantos. En una ocasión, Helen se llevó una comisión por vender la casa. A la segunda no fue capaz de resistirse ni a sus encantos ni a su falta de valor de reventa. Estoy familiarizada hasta con el último centímetro de Villa Fibonacci porque la limpié de arriba abajo las dos veces. La primera marcó mi regreso a los servicios de limpieza después de muchos años alejada del gremio. Había dejado de limpiar casas para ser madre, pero ¿qué pasó? Resulta que el mundo solo acepta el fracaso con la condición de que lo sigas intentando. Yo no me había preparado para lo que vendría después. Fue Helen quien me sugirió que volviera a limpiar y me contrató.

Helen nos invitó a cenar. Era la primera vez que lo hacía, pero siempre lo había imaginado, eso nos dijo mientras le hacía una visita guiada a Percy hasta el centro de la casa: que su imagen de nosotros cenando a su mesa encarnaba una pequeña parte de la razón por la que había adquirido la propiedad. (Helen no cocina por convicción y no recibe en casa, de modo que es difícil determinar qué implicaba esa fantasía.) El centro de la casa describe una curva drástica que jamás podrá ser habitada, como mucho palpada apenas con una mano doblada o un carísimo adminículo para limpiar tales superficies. Helen explica que el interior se prolonga hasta el infinito, aunque yo lo he experimentado de otro modo: como un lugar donde las cosas se atascan. Por esta razón, la curva interior de la casa sirve como cuarto de juegos de Johnson. Una cerca infantil abarca tres metros de curva y sus juguetes yacen desparramados por el espacio menguante. Helen compró la casa antes de que Johnson supiera gatear y, a lo largo del año que ha transcurrido desde entonces, le ha tenido demasiado miedo a la escalera de caracol como para permitir que su hijo suba a la planta superior. Por eso, la cuna de Johnson está en la cocina, no muy lejos de los fogones. Dormir en la cocina formará parte de la experiencia del niño, tal vez sea una parte notable de ella, si desarrolla alguna tendencia hacia la comida o en contra.

Los muñecos chillaban con sus voces musicales mientras Helen los apartaba con los pies descalzos. La cercanía de las paredes cargaba el aire a nuestro alrededor. Bajo la luz curva, Helen parecía embarazada. No tiene la clase de cuerpo que luce así con frecuencia, aunque el efecto de la casa era imponderable. Oculté mi sorpresa reuniéndome con Johnson en el suelo, donde el niño atendía sus labores con gestos de importancia, golpeando por turnos sus juguetes con un martillo de plástico.

Me miró con seriedad —sensible quizá a mi estado emocional, en el que el llanto podía desencadenarse en cualquier momento— y a continuación soltó el martillo y rebuscó hasta encontrar un conejo lacio y manco, que me acercó y me pegó mucho a la cara.

Cuando Helen regresó de los abismos, su vestido se adhería a las paredes delantera y trasera y su pelo había cobrado vida. Luego, al ponerse a cierta distancia crítica, la seda se contrajo contra su cuerpo y su pelo le cayó mustio sobre los hombros y volvió a ser solo Helen, no la persona colmada de magia de unos segundos antes. «Johnson», dijo, «no le pongas a Coneji en la cara. Coneji huele mal».

En la espaciosa curva exterior, Helen nos hizo una demostración del original aparataje electrónico del tragaluz. El mando a distancia zumbó y la ventana de la azotea se abrió emitiendo un ruido sordo. «Cuando sopla el viento por encima del tragaluz abierto, suena como el océano», dijo Helen. Le dio el mando a Johnson. El niño gruñó de alegría y pulsó los dos botones hasta que el zumbido del mando se transformó en el virulento *zap zap zap* de un artilugio para matar moscas. Si el viento soplaba, no lo oíamos. Entretanto, Helen vació en una ensaladera ancha el contenido de dos bolsas de lechuga y una bandeja de plástico de gambas con su salsa rojiza. Cuando le quitó el mando a Johnson a cambio de dos galletas, el tragaluz se negaba a cerrarse. La cena consistió exclusivamente en ensalada y un cuenco con pistachos cerrados como moluscos, quizá el toque decorativo, aunque en dos ocasiones Helen extrajo un fruto seco, con cáscara y todo, de la boca de Johnson haciendo gancho con el dedo y a continuación procedió a abrirlo y comérselo ella. Esa es la clase de cosa que yo nunca sabré de mí misma, si soy la típica persona que se comería ese pistacho, y si yo sería tan observadora y hábil y absolutamente imperturbable.

Helen rechazó que la ayudara con los platos porque no le habían arreglado el fregadero. Había practicado un agujero en el culo de un balde de plástico y colocado el balde por encima del grifo para dirigir el chorro. Con Johnson dormido al lado, había demasiado en juego o el resultado era demasiado predecible, me refiero a la experiencia.

Una casa se desmorona. Este hecho nunca es tan evidente como cuando hay que vender una casa, pero no es más cierto en este punto que en cualquier otro. He registrado el crecimiento de una grieta en el techo de la cocina a lo largo de los seis años que he vivido en esta casa, confundiéndola al principio con una telaraña cuando aún no medía ni la mitad que el palo del plumero que blandía yo. Desde entonces se ha ido extendiendo por toda la superficie rugosa, dejando un polvillo en el suelo. Ahora, el total mide lo mismo que un palo de escoba. Percy no me cree, y eso que mis chapuceras mediciones se adaptan a su estilo. Percy solo cree en lo que espera que sea cierto. Vaticina que la siguiente generación retornará a sus raíces, criando gallinas, entre otras cosas, si bien no ha reunido pruebas que validen esta tesis. En lugar de eso, cita todas las pruebas de lo contrario como evidencia de un punto de inflexión futuro. Mis preocupaciones y teorías, en cambio, suelen confundirse unas con otras, lo que supongo que me convierte en una fatalista, solo que a mí me gustaría equivocarme.

Entretanto, otra grieta muy fina ha aparecido en el techo del salón. Hay también una falla en el tabique que corre paralelo a las escaleras que llevan al sótano. Puedo dejar una moneda de cinco centavos en el saliente resultante de la separación del tabique con respecto a la pared de arriba. Hace dos años, en ese saliente no cabía ni una moneda de diez. Una casa en el mercado se deteriora, y sin embargo de algún modo su deber es insinuar que una vida mejor es posible, aquí y ahora. En nuestro vecindario no es esta la conclusión más obvia, y tampoco ayuda la avalancha de fuegos artificiales lanzados en los patios traseros desde una semana antes del Cuatro de Julio y hasta una semana después, las más de las veces antes del anochecer.

El tornado dejó una frenética estela de destrucción desde donde tocó tierra por primera vez, a medio camino entre Penn y Lowry, en el centro del distrito Norte, hasta las riberas del Misisipi, tres kilómetros al noreste. A lo largo de toda esa senda quedaron casas en ruinas, porches deformados y cercas que con toda seguridad no cumplen ya la función para la que las instalaron. Letreros naranjas de ejecuciones hipotecarias colgaban caprichosamente en ventanas de fachadas como el bautismo de una nueva festividad. Es imposible determinar si el tornado es responsable de algo de todo esto, o en qué medida, y si lo es del deterioro de cuáles de los muchos árboles moribundos.

De nuestra cena con Helen, Percy extrajo una idea muy precisa —ella es la persona más indicada para vender nuestra casa— que yo en cambio ya daba por hecho.

—Pues claro que os la vendo —dijo Helen—, aunque no creas que me va a hacer ilusión.

Helen vino a inspeccionar la casa. Yo pensaba que traería a Johnson, a pesar de que habría sido muy poco profesional. Me sorprendió verla sola y me sorprendió también mi decepción. Supongo que albergaba la esperanza de que la venta de la casa fuese lo menos profesional posible.

Llevaba un blazer holgado y abotonado en las muñecas, atuendo profesional y a la vez útil para disimular el abdomen. Di por hecho que había escogido el blazer por ese motivo. ¿Por qué, si no parecía estar embarazada, si solo me había parecido embarazada durante un instante, no podía yo dejar de pensar que lo estaba? Naturalmente, no podía estarlo. Helen jamás esperaría a contármelo hasta que yo lo viera con mis propios ojos.

Dimos una vuelta por la casa y Helen se puso a enunciar los puntos fuertes que iba viendo: buenos cimientos, maderas nobles, ventanas renovadas, fuego de gas, las gallinas. Observó a Gloria desde la ventana de la cocina. La gallina estaba parada encima de una piedra, bajo un rayo de sol, toda majestuosa.

—¿Qué pasa con las gallinas? —preguntó Helen.

—Ya solo queda Gloria. Se la voy a dar a mi madre.

—Todavía no, espero. Una gallina marcaría una gran diferencia en tu vecindario.

—Tendrán que conseguir los permisos —dije.

—Me refiero a una gallina como idea. Una gallina conceptual.

—Gloria no es tan lista.

Helen se echó a reír, la risa se intensificó, y luego rompió a llorar.

—Perdona —dijo Helen—. Es que... voy a echar mucho de menos tu minigranja, tan divertida.

—¿Tú crees que el arce está enfermo? —pregunté.

—Es precioso. Me encanta la caída que tiene.

—Eso es precisamente lo que me preocupa.

—Al árbol no le pasa nada.

—Se está desmoronando.

—No empieces, por favor te lo pido —dijo Helen, y se volvió hacia el callejón como absorta en el tren que pasaba.

Entré en el chalé de Queen Avenue. Algo pasaba en la casa, me di cuenta al instante. La habían pintado por dentro hacía poco; olía a pintura fresca a pesar de que estaba seca, pero el olor no justificaba del todo mi sensación. Empecé a limpiar el baño, como hago siempre: lavabo, bañera, retrete, suelo, espejo lo último de todo. Todas las superficies estaban ya limpias. Era como si alguien hubiera limpiado la casa entera antes de que yo llegara, con unos estándares más altos que los míos.

Proseguí con los gestos habituales de la limpieza; no había manera más palmaria de confirmar la pulcritud de la casa que limpiarla de nuevo. A medida que ejecutaba mi interpretación habitual, iba sintiendo la futilidad de cada tarea. El trabajo estaba exento de cualquier sensación de recompensa, y de pronto caí en que estaba experimentando la limpieza tal como la percibe cualquier hijo de vecino. ¿No estaba ya todo lo bastante limpio? Y si no logramos ponernos de acuerdo en esto, ¿qué sentido tiene? La sensación se agravaba con cada estancia de la casa y no remitió cuando vertí por el fregadero el último cubo de agua, aún tornasolado de jabón, y enjuagué el trapo para pasarlo por el zócalo de camino a la puerta.

Volví a casa, intranquila, con la radio alta para evitar pensar, pero no conseguía sofocar las palabras que Helen pronunció mucho tiempo atrás, y que desde entonces he rememorado con frecuencia: «Desde mi punto de vista, puede que te estés empeñando demasiado». Lo había dicho con buena intención o quizá por hacer una gracia, y, desde luego, no podía prever lo que deparaba el futuro, tanto para mí como para ella; en cualquier caso, lo más probable es que tuviera razón.

Creo que habría sido una buena madre, sobre todo a medida que voy cumpliendo años. Quizá por eso es complicado renunciar a la idea de ser madre. Ahora me preocupa menos lo que piensen los demás, caer bien, mi aspecto... todo variaciones de lo mismo, claro está. Aunque sigue doliéndome cuando me digo que los demás pueden verme como una persona que nunca quiso tener hijos. Porque deben de verme así. Tengo la sensación de entender a las personas que no quieren tener hijos —están cansadas o hay un episodio de su niñez que no pueden soportar repetir o en sus vidas falta ese lacerante sentimiento de incompletitud—, pero no quiero que me confundan con una de ellas. Aun cuando me siento cansada a menudo y mi niñez no fue modélica y con mucho gusto me desembarazaría de la noción de una vida a la que le falta algo. A lo mejor habría sido una madre espantosa. Es obvio que no tengo ni el conocimiento ni la experiencia ni una rotunda confianza procedente de ninguna fuente en particular.

Tengo solo la idea de que podría haber sido buena. La idea permanente.

Un revuelo aviar me desveló en mitad de la noche. Gloria estaba despierta y enrabietada; una gallina no se despierta en mitad de la noche de otro modo. Salté de la cama y fui al gallinero ejecutando una única secuencia fluida, como si hubiera estado entrenando toda mi vida en fase REM para ese momento. La celeridad me impidió prepararme para lo que vi. Allí, atrapado en el corral, al que de alguna manera había logrado acceder, un mapache con las dimensiones de un niño pequeño se agarraba a la alambrada con cuatro garras chillonas. Las agujas de sus dientes centelleaban bajo la farola mientras Gloria se arredraba en un rincón. Había excavado una pequeña trinchera, en apariencia con el único objetivo de esconder la cabeza. Desde su posición no podía ver que yo había acudido al rescate.

Abrí la cancilla y a través de la alambrada propiné un rápido puntapié a la tripa plateada del animal, que gruñó a modo de advertencia. Sus manitas se aferraron al alambre con fiereza, como si fuesen también de alambre, del mismo alambre, y hubieran encontrado en esa cerca su homólogo perfecto; estaban retorcidas y trabadas hasta que un festín mejor se presentara al otro lado. Yo aflojé los dedos de las garras delanteras haciendo palanca a la vez que centraba otra patada, y el animal aterrizó panza arriba con un golpetazo malsano. No se me había ocurrido echar mano del rastrillo, pero allí estaba, en mi mano; tampoco se me había ocurrido introducir el palo a través de la alambrada para proteger a la gallina, pero fue lo que hice. No estaba nada asustada, o bien mi miedo era irreconocible como tal, algo que palpitaba como ajeno a mí en la noche cálida y oscura. El aire centelleaba de posibilidades. ¿Qué haría después? Esperaba que interviniera un despliegue de fuerza sobrehumana. Protegía a Gloria desde arriba cuando el mapache se escabulló agachando todo el cuerpo y pasando por encima de la tabla que hace las veces de umbral, sin detenerse hasta que estuvo fuera de mi alcance. Me giré hacia el animal para observar cómo me observaba. Si no me hubiera movido, se habría quedado así hasta el alba, con los ojos fijos en la oscuridad, pero agité el rastrillo y proferí unos bramidos tan graves y sonoros que me dio un ataque de tos. Fue la tos lo que ahuyentó al mapache, que saltó la cerca y atravesó el bulevar, donde un coche lento se detuvo para dejarlo pasar.

Un círculo de plumas rodeaba el corral del gallinero, pero Gloria, con los ojos cerrados al mundo, parecía ilesa. Gateé por el umbral bajo para alcanzarla y estrecharla contra mi pecho. Una lluvia de pétalos grises cayó al suelo en torno a mis pies. «Ya estás a salvo», le dije, aunque me temblaba la voz. Esperaba que mi corazón desbocado la calmara como me reconfortaba a mí el suyo: estaba viva.

En ese momento apareció Percy, empuñando un rodillo de amasar más grande que su brazo y dispuesto a quién sabe qué; ¿estirar una bola de masa? Pero allí estaba, pese a todo. Dijo que mis gritos lo habían despertado. Había oído un grito de mujer y había pensado que se trataba de alguno de esos gatos callejeros que gritan como una mujer. Ignoro por qué oyó a una mujer y pensó en un gato, pero ninguno de los dos terminaba de creer que yo hubiera hecho aquello, incluso cuando mi sangre corría desatada y mis pies parecían levitar a cierta distancia del suelo. Percy examinó hasta el último milímetro del corral en busca de un punto de acceso mientras yo supervisaba con Gloria en brazos. No encontró ningún agujero ni desgarrón, ni tierra removida, ni pelo plateado entre el alambre. No había huellas del asaltante. Percy no dijo una palabra, pero tal vez los dos llegamos a la misma conclusión. Si no encontrábamos el agujero, no podíamos taparlo. O, si no había agujero, yo misma había encerrado al mapache en el corral. Pero eso era imposible. El animal había estado ahí, por imposible que pareciera, y podría volver.

Acaricié las finas plumas del cuello de la gallina. Ella emitió un sonido parecido a un ronroneo que yo siempre había interpretado como satisfacción. Su ojo contra mi cuerpo no estaba ni abierto ni cerrado. En un segundo de horror me fijé en que la cuenca estaba vacía. Su ojo reluciente había desaparecido y en su lugar se abría una resbaladiza oquedad negra.

Gloria siempre ha sido una gallina gris perla muy guapa, pero ahora su belleza es de cuento de hadas: la bella gallina del ojo monstruoso. Si no fuera nuestra última gallina, la deformidad podría haber incrementado su personalidad, solo que ahora está sola.

Gloria siempre se coloca con el ojo huero hacia la pared. Solo ve con el derecho y, como el ojo derecho de una gallina es el ojo miope, solo ve lo que tiene justo delante. Sin el ojo izquierdo, Gloria no ve nada que se encuentre a poco más de un metro: ni el zorro rojo que cruza el bulevar, ni el halcón encaramado al poste más cercano, ni el águila de cabeza blanca avistada a una manzana de nuestra casa, donde tocó tierra el tiempo suficiente para darse un buen festín con las entrañas de una hamburguesa de White Castle desechada. Me da la sensación de que la semiceguera de la gallina no cambiará en nada los angostos confines de su vida con nosotros. La protegeremos o no.

Me desvelo en plena noche cada vez más a menudo, con el deseo de acallar mi respiración, sin saber si es un sueño o el mundo lo que me ha despertado. Me levanto y bajo la escalera y salgo para ver cómo está la gallina. El resplandor de la luna o de la farola más cercana casi nunca basta para destacar su figura en el posadero a través del ventanuco del gallinero. Llevo encima una linterna para alumbrarla, y como no quiero despertarla con el haz de luz, la oriento haciendo pantalla con la mano y pegando la mano a la ventana. Es un poco siniestro contemplar mi puño encendido y su reflejo en el cristal y, en su tenue resplandor rojizo, a la gallina dormida en el interior. Si Gloria despertara en ese momento, mi mano encarnaría el sol de la mañana. En la quietud de la noche, su mundo gira alrededor de mí. Tengo esa certeza mientras ella duerme, pero a plena luz del día me parece irrelevante. Si Percy sabe que me levanto de la cama y regreso al cabo de un rato, nunca me lo ha mencionado. Siempre me parece que duerme como un tronco cuando vuelvo.

Percy no tiene problemas para dormir. Su secreto, porque se lo he preguntado, es que no le ve sentido a quedarse en la cama despierto. Me alegro por él y por su razón omnímoda. Cuando doy vueltas en la cama, a veces pienso en su exnovia, que sin duda daba vueltas a su vera en el mismo lado de la cama donde yo duermo ahora, y tal vez incluso le preguntó cuál era su secreto para dormir y luego pensó mientras daba vueltas: me alegro por él. No conozco a esa mujer, pero he visto fotos suyas. Hay rincones insospechados de toda la casa que albergan fotografías de ese tipo. He buscado más por todas partes, pero solo las descubro por azar, son fotos difíciles de encontrar por la misma razón por la que existen: porque han caído en el olvido. Su salvaje nube de pelo negro insinúa una suerte de fertilidad arrolladora. Cuando encuentro esas fotografías me siento extraña e insignificante, aunque solo sea por ser diferente de otro objeto de su amor.

Las hojas verdes han caído caprichosamente por el patio durante todo el verano y, aunque nunca había visto que el arce perdiera hojas verdes, no me sorprende. Mientras llenaba de hojas un balde, una por una, el gigantesco vehículo de Cal avanzó con dificultad por el callejón trasero. Rebasó su antiguo caminillo de acceso, luego dio marcha atrás hasta encajar en el espacio, luego avanzó, luego retrocedió, luego avanzó otra vez y luego se oyó el debilitado chasquido metálico de algún fallo del motor que seguramente no valía la pena reparar. Se apeó del coche y forcejeó con el cierre de la puerta antes de levantar la vista.

—Hemos visto el cartel en la fachada —dijo—. Y hemos pensado en parar un momento, porque quizá sea la última vez.

Supuse que no le faltaba razón. Muy probablemente, sería la última vez. Parecía un poco injusto que aparecieran sin avisar y luego anunciaran algo que habría sido mejor no decir. Para colmo de males, Percy había salido a hacer un recado minutos antes.

—Estaba arreglando un poco el jardín —dije.

—La abuela de Lynn nos está esperando. —Se giró hacia la ranchera.

Observamos a Katherine encaramarse al asiento delantero desde el trasero, de cabeza. Sonó el claxon, los retrovisores bajaron y subieron, la melena de Lynn se meneó con decisión.

Katherine irrumpió desde la parte delantera del vehículo, con los labios pintados de rojo chillón. Por un instante pareció como si el mundo hubiera acelerado sin mí. Allí estaba Katherine, con aspecto de persona mayor o, como mínimo, intentando parecer mayor, el carmín aplicado de cualquier manera de modo que de cerca se apreciaban los finos vellos de su labio superior, también pintados de rojo.

Lynn se acercó y dijo: «Katherine ha pensado que las gallinas la querrían más si se pintaba los labios». La sonrisa de Lynn insinuaba que también yo disfrutaría con la ocurrencia de Katherine. Todas las madres incurren en esto, por supuesto: comparten los chascarrillos de sus hijos como tiernos excursos, segurísimas de que representarán lo más memorable del día de los demás. Pero solo una madre es capaz de transformar en pura dicha las brillantes instantáneas de sus hijos. Compartirlas no favorece a nadie. Cualquier otra madre se siente aventajada, y quien no sea madre siente algo más, una distancia insalvable con respecto a la intimidad de la maternidad. Y quizá Katherine tuviera razón en lo de pintarse los labios: Gloria no le hizo ni caso, cuando antes todas las gallinas la rehuían nada más verla.

—Katy puede hacer alguna tarea, limpiar el gallinero o lo que sea —dijo Cal—. Arrimaremos todos el hombro.

El gallinero nunca ha estado tan limpio como ahora. Albergamos la esperanza de sugerir que el espacio podría destinarse a cualquier fin. En otros tiempos fue una caseta de jardín y con muy poco esfuerzo podría volver a serlo. Cal desapareció en el interior del gallinero, seguido por los recios raspones del recogedor metálico contra el suelo de hormigón.

—Siempre quise un patio como el vuestro —dijo Lynn. Lanzó una mirada más allá del callejón, hacia su viejo jardín, donde la maleza ahogaba el césped sin segar, y luego volvió a concentrarse en el cubo que yo llevaba en la mano—. No tuve tiempo, supongo.

Gloria picoteó los restos de las hostas que bordeaban la cerca y se quedó petrificada bajo la sombra de una nube pasajera. Katherine no desperdició la ocasión y Gloria no se resistió. Contra el pequeño torso de la niña, a Gloria se la veía gigante, pero también curiosamente tranquila, incluso cuando Katherine hundió la cara en las rígidas plumas plateadas de las alas.

—¿Qué te ha pasado en el ojo? —preguntó Katherine, como si Gloria fuese a contestar.

La cuenca se había endurecido y transformado en una valva gruesa y más negra que un tizón. Podría habérsela quitado si hubiera tenido agallas para ver lo que había debajo.

—La enganchó un mapache —expliqué.

—¿Le duele?

—Solo es una postilla.

—¿Por qué llora? ¿Está triste?

Gloria no estaba llorando; más bien la costra del ojo ennegrecido presentaba una especie de viso. Las gallinas no lloran. No hay un argumento convincente que explique por qué una gallina no llora —están equipadas para llorar— salvo que una gallina llorosa no ve bien. Cabe suponer que Gloria podría permitirse llorar ahora, no renunciaría a nada al hacerlo.

—Se siente muy sola —dije—. A las gallinas no les gusta estar solas.

—Pero yo estoy con ella —dijo Katherine. Aupó a Gloria hasta el hombro para equilibrar el peso. Desde cierto ángulo, el ave era una glamurosa boa y Katherine la excéntrica *ingénue*.

—Las gallinas necesitan a otras gallinas —dije yo.

—¿Y dónde están?

Resonó la voz de Cal.

—¿Te acuerdas de lo que te he dicho en el coche, Katy? ¿Lo del cielo de las gallinas?

Fuera lo que fuera que hubiera dicho en el coche, no había sido lo bastante específico. En los años que ellos vivieron al otro lado del callejón, yo había llamado de esa forma a nuestro patio, de ahí al parecer la confusión de Katherine. La niña se acercó a la cerca y recorrió todos los surcos del huerto. Apartó las hostas con la puntera del zapato morado y rodeó el arce, deteniéndose solo una vez para mirar rápidamente hacia atrás, como si una gallina la siguiera, tal vez a consecuencia del carmín. Cuando todos los espacios estuvieron escrutados, Katherine se acuclilló para mirar debajo del porche. Gloria se posó en el suelo de un salto, atravesó el patio corriendo y se metió en el gallinero.

—Aquí no están —dijo Katherine.

—Ay, vida mía —dijo Lynn—. Las gallinas ahora están en el cielo.

Atrapé sin dificultad a Gloria, que de nuevo estaba pegada a la pared. Percy había echado paja en una caja, luego le había parecido un lecho demasiado basto y había remetido una toalla por encima, de suerte que el conjunto parecía una cunita de los tiempos de los pioneros. Mi madre nos estaba esperando y, además, esperaba que dejásemos a Gloria a su cuidado. Nada más planear el viaje a casa de mi madre supe que no podría hacerlo. Llamé en dos ocasiones para darle la noticia, pero en ambos casos mi madre tenía noticias propias. Primero, que el vecino iba a construirle un gallinero. Y luego, dos días más tarde, apresurada mi decisión por el gallinero en ciernes, el vecino ya lo había hecho, porque era la típica persona que cumplía con su palabra enseguida. Si llamaba otra vez, la pillaría preparando unas gachas para gallinas y, peor todavía, descubriría que la había llamado tres veces para contárselo. No me quedaba otra que comunicárselo en persona.

Pero no. No soportaba contárselo en persona. A medio camino, con Percy sentado a mi vera, paré en un pueblecito donde solo había parado alguna que otra vez para comprar tarta. Compré una tarta y luego ya no tuve más excusas. La llamé desde la acera para que Percy no me oyera. Él no sabía que todavía no se lo había contado, a no ser que me conozca tan bien como él asegura, un poco mejor de lo que yo misma me conozco, en cuyo caso comprendería el sentido de la tarta y no haría preguntas cuando el dulce pasara todo el viaje dentro de su caja en el suelo del coche. No podía darle a mi madre una tarta en lugar de una gallina.

Mi madre no cogió el teléfono. Yo no me había preparado para contarlo como lo hice, de un tirón y a la trampa de acero de una máquina. Imaginé que estaba hablando con el propio contestador y por eso pude decir, muy escuetamente, que no le dejaríamos a Gloria, que se había quedado tuerta y que nos la llevábamos solo para no dejarla desamparada.

Mi madre nos recibió en el caminillo de entrada luciendo un vestido que me encantaba verle puesto. Supongo que el vestido era un gesto de hospitalidad, aunque para Percy no significaba nada y yo solo podía pensar en lo anticuado que se había quedado, tan desteñido y raído, y en que mi madre no se había dado cuenta y seguramente lo había sacado del ropero con el cariño de siempre. Nos condujo al ala soleada de la casa, donde alguien había construido una cabaña a modo de extensión, fabricada con los mismos revestimientos y la misma prolijidad que la propia casa, con una puertecita torcida. Junto a la puerta había una ventana torcida, y a través de la ventana se veía un posadero hecho con la rama de un árbol.

—El chico de los vecinos me ayudó a construirlo —dijo—. Le prometí huevos a cambio.

Aquello no era obra de un chico, así que no me sorprendió enterarme de que yo conocía al vecino, porque en tiempos, cuando sí era un muchacho, había ido un curso por debajo de mí en el colegio. También comprendí que mi madre no había escuchado el mensaje. Mi madre siempre ha insistido en decir la verdad, como si la verdad fuera algo real y obvio. Pero desde luego no era verdad que la gallina solo estaría a salvo conmigo, por mucho que así lo sintiera yo, incluso cuando estreché el ojo huero del ave contra mí.

—¡Vamos a estrenarlo! —exclamó mi madre, abriendo la puerta de par en par.

Subí a Gloria al posadero. Ella se instaló sin dificultad y se corrió hacia el extremo, con las dos patas sabiendo exactamente lo que debían hacer, cada dedo enroscándose y desenroscándose en virtud de una secuencia concreta hasta que la gallina tocó la pared, que debió de notar con la punta del ala porque verla no la veía. Mi madre aplaudió con deleite.

Dentro de la casa, el contestador parpadeaba. Mi madre escuchó mi voz conmigo a su lado. Esa no puedo ser yo, pensé, esa voz tan aguda y estridente y firme. No hubo señales visibles de la puñalada del mensaje. Cuando el parloteo terminó, mi madre se alisó la falda.

—Bueno, pues nada —dijo—. Espero que tengáis hambre. Hay un asado en el horno.

El gallinero quedaba justo debajo de la ventana de mi infancia. No veía nada aparte del tejado de chapa, rosado con el sol naciente.

Mi madre estaba despierta. ¿Cuántas veces me había recibido así, desde su sitio en la mesa, con una taza entre las manos?

—Gloria está bien —dijo—. Acabo de salir a echarle un vistazo, aunque imagino que querrás verla tú misma.

Mi madre estaba en lo cierto, claro. Gloria estaba bien. A través de la ventana torcida observé el equilibrio perfecto de su letargo, la cabeza en ángulo recto sobre el pecho y el ojo delicadamente cerrado. No podría haber transmitido más paz, bañada por el oro rosa de la mañana, sus plumas lisas contra su cuerpo con la forma exacta que imagino cuando pienso en ella.

El sonido del motor del coche sobresaltó a Gloria. Percy siempre hace lo mismo, en casa de mi madre amanece temprano presa de lo que interpreto como una urgencia por escapar. No puede tolerar lo que solo sospecha como cierto, que volver a casa de mi madre no tiene nada que ver con él. Salió a la carretera del condado dando marcha atrás por el camino de entrada y se alejó del pueblo.

Mi madre me había servido una taza de café.

—Percy me ha dicho que tenía trabajo pendiente. Espero que sepa que aquí puede trabajar.

—Tendrá que investigar algo —dije.

Aunque Percy no me había dicho nada, yo sabía qué era lo que tenía pendiente. Regresaría con una gallina. Era la clase de trabajo que más le complacía: ser el héroe de un día cualquiera.

Cuando mi madre se levantó de la mesa y se acercó a la nevera para inspeccionar su contenido supe que me quería decir algo más. Ella no es de las que se plantan sin motivo delante de la nevera abierta. Tarareó una nota sosegada, como si se preparara para un sonido más importante. Sacó el asado moteado de grasa blanca y firme, un puñado de zanahorias brotadas, un tallo lacio de apio, media cebolla guardada en una bolsa para pan y se puso a preparar una sopa con los restos de la cena.

Percy regresó con ocho docenas de huevos. La puesta anual de una hembra, según sus cálculos, si bien no queda claro cómo llegó a un número tan redondo. Se me antojaba tan arbitrario como elevado. Tres bandejas de huevos con tres docenas cada una. Qué pobretonas se veían con la bandeja superior semivacía. Cómo deseé que Percy diera media vuelta con el lote, volviera al coche, volviera a la carretera, volviera al almacén maltrecho o a los contenedores cubiertos por lonas y lo devolviera.

—Son para el vecino —anunció—. Los huevos que le prometió.

Mi madre le dio las gracias y dejó los huevos en la encimera y empezó a reordenar la nevera.

Habíamos dado de comer a las cabras y el agujerito que siempre andan arañando estaba tapado con tierra y en la tierra había una lombriz gorda, que mi madre le llevó a Gloria seguida por mí; Percy había desaparecido en algún rincón de la casa, rodeado de libros polvorientos. La sopa estuvo todo el día en el fuego y a la hora de la cena mi madre la sirvió demasiado caliente. En la superficie del caldo flotaba una grasa anaranjada formando charquitos, de modo que cada cucharada era un bálsamo hirviente. Antes de acabarse el plato, mi madre posó la cuchara en la mesa y se llevó las manos al regazo.

—Cuando eras pequeña, te negabas a comer sobras —dijo—. Y mírate ahora. Nunca imaginé que tendrías gallinas.

Levantó la cuchara y siguió comiendo. No había dicho nada, en verdad, pero yo sabía qué había querido decir. Tenía su bendición con la gallina.

Para desayunar hubo huevos con tostadas y unas magdalenas amarillentas y, en el centro de la mesa, un cuenco con huevos duros, calientes aún y sin pelar. Pensara lo que pensara Percy, no lo dijo. Ni entonces ni más tarde, durante el largo camino de vuelta a casa, con Gloria calladita en su caja detrás de nosotros y la tarta en el suelo, intacta.

El letrero del patio reza SE VENDE. Hay un cuadrado de tierra herbosa junto a la base del cartel, liberado del césped de alrededor. Cuando quiten el letrero, algún tiempo después de que nos hayamos ido, el cuadrado volverá al lugar del que salió. A no ser que alguien lo traslade a patadas a otra calle. Dos veces he tenido que ir a buscarlo, bastante lejos carretera abajo.

Desde el momento en que vi a Helen con el vestido amorfo, supe lo que había venido a decirme. No me importó el motivo, me alegré de verla.

Se llevó las manos al vientre.

—Igual te lo estabas barruntando —dijo—. No quería contarte nada hasta que...

Pero no terminó la frase. Añadió que ella quería una niña, no porque quisiera lo mejor para Johnson, aunque evidentemente ella quería lo mejor para Johnson; pero en este caso había querido lo que quería a pesar de lo otro, hasta que le confirmaron que el bebé era niña, momento en que se dio cuenta de que una niña también sería lo mejor para Johnson.

Pues claro que Helen pensaría eso. Siempre ha creído que lo que sucede es lo mejor porque su vida ha sido lo bastante buena. No me alegraba por ella, estrictamente hablando, pero tampoco me oponía a su felicidad. Su hija no era para mí más que otro de los aspectos de Helen que añoraría.

—Yupi —dije.

Encontré té y galletitas saladas, rancias ambas cosas, y Helen no tocó ni lo uno ni lo otro. Plantó los pies en la silla de al lado y habló con los sonidos dulces de quien está a punto de adormecerse. Si no le hubiera propuesto que se echara en el sofá, habría sido capaz de dormirse en la silla. Aun así, me sorprendió y me avergonzó un poco, aunque no fui capaz de decir por cuál de las dos, que Helen se trasladara al sofá sin titubear, como si dormir fuera lo único hacia lo que podía moverse con diligencia.

—Perdona —dijo—. Es que estoy cansadísima. —Y acto seguido se quedó dormida.

Durante tres meses de mi vida yo también dormí de ese modo tan incondicional en que el sueño formaba parte de las responsabilidades más serias. Para mí fue algo completamente nuevo dormir con semejante convicción, y la prueba de que toda acción a partir de entonces me resultaría novedosa en un plano profundo. Qué bienestar dormir así, a salvo en la idea de que la vida seguirá cobrando sentido incluso mientras duermes.

Gloria ha desaparecido. Desapareció por la tarde y no en plena noche, como yo hubiera esperado. A mediodía estaba como siempre y una hora más tarde se había esfumado. Entretanto, no oí nada fuera de lo común, a no ser, y sobre esto no puedo estar segura, que el hecho de no oír nada lo fuera.

Ninguna de nuestras gallinas se ha escapado jamás, pero siempre he pensado que no les resultaría muy complicado, ya que la acción no requiere ni inteligencia ni previsión. Un saltito a una maceta vuelta del revés o a la barandilla de los escalones, seguido de un arriba-abajo de alas. Una vez vi a Gam Gam saltar hasta lo alto del corral, a un metro del suelo, y de ahí a lo alto de la cerca que bordea las hostas. Se quedó apoyada en el estrecho filo de la tabla a la que están clavados todos los postes verticales y echó un vistazo más allá de los postes en pico, hacia el callejón que quedaba más abajo. No me atreví a moverme de donde me encontraba, agachada en el huerto, palita en mano. Varias veces desplegó Gam Gam las alas para salvar la leve elevación y manoteó la tabla en punta que tenía delante con sus dedos afilados. Practicó los movimientos en el posadero igual que yo había visto a una muchacha —bailarina, entendí, a tenor del moño prieto— simular un ejercicio completo, ensayando cada movimiento en miniatura en el pasillo de un autobús urbano, sin agarrarse a nada. Alas abiertas y luego cerradas, pie arriba y luego atrás. El aire alrededor de Gam Gam vibraba de posibilidades. Un paso adelante y su vida nunca volvería a ser igual. Me pareció mera cuestión de suerte que en vez de eso se girase hacia donde yo estaba, conteniendo la respiración entre la kale, y saltara de nuevo abajo, a lo alto del corral, desde donde había subido. Una vez tocado el suelo, emitió un graznido desmesurado y echó a correr en círculos frenéticos, como para dejar atrás la visión de lo que había al otro lado.

Percy volvió del garaje con un bote en cada mano, sacados de su pila de amada basura y llenos hasta la mitad con mixtura de semillas. Yo estaba asustada por Gloria, pero mi miedo no había sido real, sino algo de mi propia invención, hasta que Percy interrumpió lo que estaba haciendo para acompañarme. Pensaba que yo no la encontraría sola o que no debía estar sola cuando la encontrara.

En el bulevar no hay arbustos en los que pueda ocultarse una gallina, solo árboles altos en recias hileras con algún que otro árbol joven aquí y allá para sustituir a los caídos. Hicimos tintinear los botes oxidados, y yo no me permití recrearme en el hecho de que nuestra última esperanza cupiera en semejante recipiente. Experimenté una unidad fugaz con los vecinos cuando el clamor de nuestra búsqueda se coló por sus ventanas abiertas. Primero fuimos hasta la estatua con su cerco de pinos, luego desanduvimos el camino y llegamos al estanque de Webber. Desde luego, poca importancia tenía que nuestra casa respondiera a un modelo de construcción similar al de tantas en los alrededores. Gloria no conocía nada de la casa, salvo la puerta de atrás y el porche, y en cualquier caso no podía verla. Si encontraba agua, sería de casualidad. Si veía un zorro, sería cuando ya se le hubiera echado encima.

A nuestro alrededor, varios letreros con patas de alambre presumían del gran grito de guerra de Camden: NOSOTROS VIGILAMOS, NOSOTROS LLAMAMOS. A mí nunca me había resultado tranquilizador. Nada más volver a casa, Percy envió un mensaje urgente a la lista de correo: «Nuestra gallina ha desaparecido, es gris con manchas. Si alguien ve algo (esto demostró ser fuente de confusión para el grupo en general), por favor, que conteste a este mensaje».

A la mañana siguiente me encontré la cama vacía a mi lado. Percy se había quedado levantado hasta tarde repasando el maremágnum de respuestas en busca de alguna noticia: una vecina aseguraba que su gato apenas había comido, cosa rara en él.

Vi a Percy desde la ventana de arriba. Seguramente regresaba del estanque, con las manos entrelazadas por delante como cuando se abstrae en sus pensamientos. Pensé en preparar café para que lo recibiera el aroma cuando abriera la puerta, pero esperé hasta que fue demasiado tarde y en vez de eso me quedé allí plantada, mirándolo. Cuando llegó a la sombra que proyectaba la casa, levantó la vista. Saludó con la mano, sin sonreír; en la otra mano, la mano que no se movía, llevaba una pluma. Una mera pluma podía significar algo, pero no significaba lo peor.

Percy me puso la pluma en la mano y los bordes mulli-
dos temblaron. Por la forma y el tamaño, era del cuerpo,
no del ala.

—¿Crees que es suya? —preguntó.

—Solo es una pluma.

Se llevó la mano a la nuca.

—Había bastantes.

Salí de la casa y la rodeé hasta el exterior de la cerca,
a treinta centímetros de donde la había visto por última
vez. Allí fuera nada había cambiado. Un perro ladró,
una sirena gimió, un cortacésped se activó con un retum-
bo y empezó a segar con el zumbido de sus cuchillas
palpitando a través del silencio de las gallinas. Sostuve
la pluma por el cálamo, alisando las hebras suaves como
si pudiera extraer alguna enseñanza de ella. ¿Cómo había conseguido volar, o si no había volado —y yo no
lograba hacerme a la idea de que sí—, qué se la había
llevado? Y ¿qué pasó después? Y sobre todo, ¿por qué
quería saberlo? Ni siquiera era capaz de preguntarle a
Percy dónde la había encontrado, aunque se había arro-
dillado junto a ella y había escogido esa pluma entre las
demás.

Es fácil marcharse de una casa vacía. Percy y yo hemos estampado nuestra firma sesenta y dos veces para la venta. Él ha tomado nota de este dato en su cuaderno, subrayándolo con una línea recta e intensa, mientras que las propias palabras están escritas con su característica caligrafía trémula.

La mujer que ha comprado nuestra casa no se llevará un chasco. No sabemos nada de ella salvo que se crio un poco más abajo en la misma calle, donde aún vive su madre. A la mujer le interesaba solo su ubicación, estar cerca de su madre pero, presumiblemente, no en su radio de visión. No se hace ilusiones con respecto al vecindario. Me gustaría pensar que se ha llevado mucho más que la ubicación, pero tal vez le traiga sin cuidado lo demás: la pintura, las cortinas, las ventanas modernas que se abren hacia dentro para limpiarlas más fácilmente, por no hablar del huerto —por aburrido que sea— y el patio sin hojas y el estoico arce y las amapolas plantadas a instancias de Helen que ahora siguen su curso, elevándose de la tierra como cohetes apagados. Algún día, tal vez lejano, tal vez no, la madre de la mujer fallecerá, y ni siquiera eso cambiará el valor que nuestra casa tiene para ella; habrá cumplido su función.

Volví del bulevar y me topé con el olor de la lejía. No es así como yo lo habría hecho, pero ya estaba hecho. Percy se reunió conmigo en el callejón y caminamos juntos hasta la casa, y no pude evitar pensar que se había colocado a mi lado para ocultar su labor: la caseta restregada y fregada a conciencia hasta dejarla como nueva y desinfectada hasta conseguir quién sabe qué. El olor de las gallinas ha desaparecido —creo que en algún momento llegué a encariñarme con él— y, salvo por el trozo de tierra desnuda que delimita el corral, cubierto de finas semillas de hierba, con él desaparece también la sensación de que las gallinas alguna vez estuvieron aquí.

AGRADECIMIENTOS

Quisiera dar las gracias:

a Lee Boudreaux, por su calor y su perspectiva

al equipo de Doubleday, por su atención en todo

a Molly Friedrich, Lucy Carson y Hannah Brattesani, por su buen criterio

a Mitch Wieland, Brady Udall, Denis Johnson, Emily Ruskovich, Paul Rykken y Carol Hornby, por la relevante orientación

a Joy Williams, por su fuego

a Mary Pauline Lowry, por su generosidad

a mi familia, por tomarme en serio y hacerme reír

y, sobre todo, a Travis, por todo.

«En casa barrida no pica gallina.»
REFRÁN CASTELLANO

Desde LIBROS DEL ASTEROIDE queremos agradecerle el tiempo
que ha dedicado a la lectura de *Gallinas*.
Esperamos que el libro le haya gustado y le animamos
a que, si así ha sido, lo recomiende a otro lector.

Al final de este volumen nos permitimos proponerle otros títulos de
nuestra colección.

Queremos animarle también a que nos visite en
www.librosdelasteroide.com y en nuestros perfiles de Facebook, Twitter
e Instagram, donde encontrará información completa y detallada sobre
todas nuestras publicaciones y podrá ponerse en contacto con nosotros
para hacernos llegar sus opiniones y sugerencias.
Le esperamos.

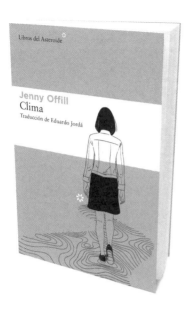

«Nadie escribe sobre la intersección entre el amor y la angustia existencial como Jenny Offill.»
Jia Tolentino

«Una maestra de la precisión y el detalle (...) es casi milagroso cómo te lleva de un lado a otro, de anécdotas instagrameables a temas de tal profundidad que te conmueven.»
John Self (The Times Review)